Ole sion
deus yer wos dia quo ferrue.
——教えてください。わたしの進むべき道はどこにあるのか——
黄昏色の詠使いⅡ
奏でる少女の道行きは

「あんたに作り笑いは
似合わないよ」
Serges Ophelia
Kate LeoSuel
「……頼りなくて本当に、
ごめんなさい」
あるのなら、恐がらない」

「自分を信じられないなんて
言わないでください」
Neight Yehlemihas
「今、わたしにできることが
Kluele Sophi Net

『お前が、まだ気づかないだけだ。
この道は、きっと誰かを……』
Ada Yung

黄昏色の詠使いⅡ

奏でる少女の道行きは

1316

細音　啓

富士見ファンタジア文庫

174-2

口絵・本文イラスト　竹岡美穂

目次

オラトリオ・具体例つき基本体系（

に、生徒にオリジナルを作らせましょう

登場人物に関する資料

名詠式専修学校　トレミア・アカデミー
1年生担任・ケイト教師補のメモより

触媒の暴走事件の後始末も落ち着いて、やっと夏季休暇らしくなってきた。

けど、これから一大イベントの夏期集中補講が待っている。

校舎は補修中なので、移動教室のようになる可能性が高い。

わたしのクラスの子たちは、良い子たちだけれど個性が強すぎる部分もある。問題を起こさないように、しっかり指導しなくっちゃ！

●授業用のレジュメ

・名詠式の基本のおさらい
『Keinez』・『Ruguz』・『Surisuz』・『Beorc』・『Arzus』の五色に分類される物体転移術。

呼び出したいものと同じ色の触媒を介し、名前を讃美し詠うことで招き寄せるので名詠式という。基本的に5色全ての名詠式をマスターすること、五色以外の名詠式の確立は不可能。
※上記の基本事項を小テストに出すこと。
ネイトの夜色名詠についての質問があった場合も想定しておくこと。

・反唱に関して祓名民の説明をするか？

●生徒に関するメモ

ネイト・イェレミーアス

飛び級編入してきた13歳。母親が研究していたという異端の夜色名詠を独自に勉強中。基本的には優しい子だけれど、名詠式のことになるとガンコ。いろいろな意味で特に指導が必要になるので、要注意

クルーエル・ソフィネット

16歳。専攻は赤色名詠。女子のクラス委員。面倒見がよくて、明るい性格。わたしから見て、特筆すべき問題は特になし。転入生のネイトを、特によく気にかけている様子

ミオ・レンティア

16歳。専攻は緑色名詠。うちのクラスでは一番の成績優秀者。クルーエルと仲よし。その流れでネイトともよく一緒にいる

ネイトの夜色名詠の成功率はまだ低い。何が名詠されるのかも予測しにくいので注意！

●その他の特記事項

カインツ・アーウィンケル

当校のOBで、五色全ての名詠式をマスターした生きる伝説。虹色名詠士の異名を持つ。どうやらネイトと何か関係があるらしい。個人的にも憧れの人なので、いつかお話できる機会があるといいな

夢奏『願わくば、あの日あの時をもう一度』

目の前の世界全《すべ》てが、真っ赤な炎《ほのお》に炙《あぶ》られていた。

にこやかな笑い声が響《ひび》く競演会《コンクール》。そのはずが――あの日学園で、笑い声は一瞬《いっしゅん》にして悲鳴にとって代わられた。

悪夢《あくむ》。そう、現実《げんじつ》には到底《とうてい》起こりえないような恐怖《きょうふ》の具現だった。

校舎《こうしゃ》、校庭、広場。目に映《うつ》る全ての場所で燃《も》え上がる残酷《ざんこく》な炎。強風に煽《あお》られ火の粉が舞《ま》い、それがさらに新たな火種を芽吹《めぶ》かせる。

生徒の絶《た》え間なき悲鳴、罵声《ばせい》、泣き声。それに混《ま》じる教師《きょうし》の慌《あわ》ただしい指令。

混乱《こんらん》が混乱を生み、恐怖が恐怖を肥大化《ひだいか》させる。

校舎の陰《かげ》から現《あらわ》れた三首の怪物《キマイラ》に生徒が傷《きず》つく。それを助けようとして、今度は教師が傷を負う。犠牲《ぎせい》の連鎖《れんさ》。痛《いた》みの螺旋《らせん》。

……わたしは、それから目を背《そむ》けて逃《に》げていた。

悪いことはしていない。避難《ひなん》しろという指示《しじ》に従《したが》っていただけ。そうだ、あの時自分のクラスメイトがそうしたように、まだ名詠《めいえい》をろくに使えぬ生徒の一人として適切《てきせつ》な行動をしただけだ。

〝本当にそうかしら？〟

不意に聞こえてくる誰《だれ》かの声。いや、その声の正体は分かっている。自分にとって最も身近な、それは他ならぬ自分自身の声だった。

一年前、もはや振り返らない過去《かこ》として切り捨てた自分。

〝あなたはあの時本当に、自分にできることの全てをしていたかしら？〟

目の前、キマイラに怯《おび》え震《ふる》えるクラスメイト。恐怖に歯の根があわない友人たち。キマイラに襲《おそ》われ傷ついた友人がいた。怪物《かいぶつ》の眼前《がんぜん》、身体《からだ》を張《は》って生徒を助けようとする教師がいた。

「あたしは……まだ何の名詠もろくにできない」

キマイラに対抗《たいこう》できるような名詠は使えない。だから……

〝だから、逃げるのが当然だった？〟

……その通りだ。無力な名詠士、それが自分なのだから。

〝それは違《ちが》う〟

どこまでも変わらぬ冷たい声で、幻聴《げんちょう》は深々《しんしん》と告げてきた。幻聴、そうと分かっていてなお、その声を意識《いしき》の外に追いやることはできなかった。

〝なぜなら、あなたは名詠士ではないのだから〟

あたしは名詠学校にいるじゃないか。

名詠士になりたくて、毎日こうして勉強もしてる。

〝あなたは名詠学校にいるだけ、名詠を学んだふりをしているだけ〟

フリなんかじゃない。あたしは……あたしは毎日ここで勉強して、試験も受けて、クラスメイトの子と一緒《いっしょ》に頑張《がんば》ってる。十分じゃないか。

〝十分？　あの日あの時の自分の行動を、あなたは十分と言い切れるの？〟

……もういいじゃない。もうやめてよ。あれはもう、終わったことなんだから。

あたしは自分で納得《なっとく》してる。……それでいいじゃない。

〝終わっていない。なぜなら、あなたは自分に嘘《うそ》をついているから。自分にも、自分の教師にも嘘をついている。クラスの友人にすら〟

……う、嘘なんかじゃない。

あたしは別にそんなつもりじゃ——

〝そうね。嘘は言っていないかもしれない。けれど真実も伝えていない。あなたが本当は、名詠を学ぶ生徒などではないということを〟

もういい。やめて、もうやめて。お願い……

あたしは、あたしはっ――

〝自分が、名詠学校の生徒という皮を被《かぶ》っただけの祓名《ジル》――〟

「やめてぇぇえええっっっ！」

壮絶《そうぜつ》な悲鳴と共に、彼女はベッドから飛び起きた。

冷めやらぬ火照《ほて》った身体、痛いほどに疼《うず》く胸《むね》の鼓動《こどう》。胸を押《お》さえたまま、カーテンから零《こぼ》れる光をしばし眺《なが》め――

……夢《ゆめ》？

ようやく彼女は、それが自分自身の幻覚《ゆめ》であることに気づいた。

「――平気？」

ふと、背中《せなか》に浴びた声に振り向いた。

自分のベッドに隣《とな》り合う、もう一つのベッド。そのベッドから上半身だけを起こしているのは、とうに見慣《みな》れた顔の相手だった。

黒髪《くろかみ》長身、細身の少女。自分と同じ学校に通う同級生にして、学生寮《りょう》の同居者《どうきょしゃ》だ。

「ごめん、起こしちゃった？」

時計の針《はり》が告げる刻《とき》は朝の四時。あまりに早い。

「寝汗《ねあせ》すごいよ。それに、さっきからうなされてるみたいだったし」

友人の指摘《してき》、でもそれは、言われるまでもなく自覚していることだった。寝間着《ねまき》から滴《したた》り落ちるほどの汗。ぞっとするほど身体を冷やす、嫌《いや》な類《たぐい》の汗だ。

「また、あの夢？」

「……うん」

ここ一週間、自分が苛《さいな》まれ続けてきた悪夢。

――いや。夢ではなく、それはきっと自身の葛藤《かっとう》なのだろう。

「あんた、明後日から一人で平気？」

同居人であるこの友人は、明後日から部活の合宿でこの寮を留守《るす》にする。その間、また自分が悪い夢を見ないだろうか。そういう意味の問いなのだろう。

ここ一週間同じ夢を見て、明後日は見ないという自信はない。きっとまた繰《く》り返す。あの日の記憶《きおく》が、自分の中で霞《かす》んで消えるまで。

「平気よ。もう子供《こども》じゃないんだから」

せめて無理に笑ってみせた。下手な作り笑いだ、自分でそうと知っていても。

「でもさ、辛《つら》い時には誰かに相談しなよ。わたしだって構《かま》わないんだから」

「ううん、平気だって」

気丈《きじょう》を装《よそお》う。友人に余計《よけい》な心配はかけたくない。

「そう、それならいいんだ」

透《す》き通るような黒く艶《つや》やかな髪を手で梳《す》いて、眼前《がんぜん》の友人が背を向ける。

「わたしもうちょい寝るね。おやすみ」

「……うん」

汗に濡《ぬ》れ冷えきった身体と寝間着。戸棚《とだな》からタオルを取り出し汗を拭《ぬぐ》う。

が、その作業もそこそこに、背後からの視線《しせん》を感じ振り向いた。

「どうしたの？」

寝ると言っていた彼女が、ベッドに座《すわ》る格好《かっこう》のままこちらをじっと見つめていた。

「んとさ。これは友人としてちょっとしたアドバイス」

「なに？」

「──あんたに作り笑いは似合《にあ》わないよ」

「……っ！」

反射的《はんしゃ》に言い返そうと口を開きかけ——

「んじゃ、おやすみね」

だがその前に、同居人の方は再《ふたた》び自分のベッドに潜《もぐ》り込《こ》んでしまった。

数十秒と経《た》たず聞こえてくる、友人の安らかな寝息。

「作り笑い、か」

ぽつりと、姿見《すがたみ》の前で友人の言葉を反芻《はんすう》した。

……そんなの、あたしだって知ってるよ。

序奏『薄暮《はくぼ》の二人』

夕焼けの薫《かお》り、とでも言うべきか。陽《ひ》が落ちる寸前《すんぜん》の時間は、周囲を舞《ま》う微風《そよかぜ》がどこか懐《なつ》かしい匂《にお》いを運んでくる。

哀愁《あいしゅう》を誘《さそ》うこの薫り。

——花か、香草《こうそう》か。あるいは、なんだろうな。

夕焼けの匂い。その正体を確《たし》かめる気はない。

突き止めてしまえば、その魅力《みりょく》はきっと半減《はんげん》してしまうに違いない。謎《なぞ》めいた神秘《しんぴ》的な匂い。だからこそこうも想《おも》いが募《つの》る。

「ここは本当に怖《こわ》い場所ですね」

木製《もくせい》の古椅子《ふるいす》に座《すわ》り直し、カインツ・アーウィンケルは微《かす》かに吐息《といき》をこぼした。

周囲を見回す。鈍色《にび》の高塀《たかべい》に囲まれた、広大な庭園がそこにはあった。

夕日を浴びて茜色《あかね》に染《そ》まる噴水《ふんすい》からは滾々《とうとう》と水が湧《わ》き、足下《あしもと》に咲《さ》き乱《みだ》れる草花は盛夏《せいか》を前にますます隆盛《りゅうせい》を誇《ほこ》っている。

「ここにいると、まるで十数年住み慣《な》れた我《わ》が家に帰ったような気分になってしまいます」

つい気が緩《ゆる》んで、どうにも時間の経過《けいか》を忘《わす》れてしまう。

「ふむ。まあお前も、たまには骨休《ほねやす》めが必要ということだ」

自分の正面。それほど離《はな》れていない場所から聞こえてきた声に苦笑《くしょう》する。

骨休め——なるほど、言い得て妙《みょう》だ。

「骨折《こっせつ》って、どれくらいで治りましたっけ」

左手に巻《ま》いた包帯に触《ふ》れながら首を傾《かし》げる。

「程度《ていど》によるだろうな」

「……キマイラの爪《つめ》を受け止めたくらいなら？」

一瞬、沈黙《ちんもく》の幕《まく》が下りた。

一呼吸《こきゅう》にしては長く、二呼吸にしては短い半端《はんぱ》な余韻《よいん》を残し——

「そもそもだな、お前は鍛《きた》え方が足りん」

風に運ばれる、嘆息《たんそく》にも似《に》た相手の吐息。

「打撲《だぼく》程度ならともかく、それで腕を折るとはなんと無様な。いくら名詠《めいえい》に優《すぐ》れていても、身体の基礎《きそ》部分がなっていなければ何の意味もない。私があれほど言っておいたのに」

「……先輩《せんぱい》が鍛え過《す》ぎなだけですよ」

苦笑を隠《かく》す気もなく、カインツは相手の方へと顔を持ち上げた。

この庭園、そして広大な敷地《しきち》の領主《りょうしゅ》たる人物へと。

「よく言われるよ。特に若《わか》い輩《やから》からな」

口調を変えぬまま返してくる相手。自分の知る限《かぎ》り、この男ほど外見の特徴《とくちょう》ある人物はいないように思えた。

——赤銅《しゃくどう》色に日焼けした、夕日に晒《さら》される上半身。

色褪《いろあ》せた檜《ひのき》色のズボン。男が身につけた衣服はそれだけ。だが衣服の代わり、皮膚《ひふ》を内側から押し上げる筋繊維《きんせんい》が何よりも頑丈《がんじょう》な鎧《よろい》を思わせる。

背中から肩胛骨《けんこうこつ》にかけて盛り上がる広背筋《こうはいきん》。脂肪《しぼう》の欠片《かけら》すら見あたらない腹直筋《ふくちょくきん》、常人《じょうじん》の倍近い上腕筋。誰もが目を瞠《みは》る体格《たいかく》でありながら、しかしこの類《たぐい》の大男にありがちな鈍重感《どんじゅう》をまるで感じさせない。見る者によっては、その事実の方が驚愕《きょうがく》に値《あたい》する事だろう。

筋肉発達に特化した者にありがちな、あの重量感がまるでないのだ。

幾千《いくせん》の夜を自己《じこ》の鍛錬に費やすことで、極限《きょくげん》まで身体《からだ》を研《と》ぎ澄《す》ませる。さながら刀鍛冶《かたなかじ》が鋭利《えいり》な刃《やいば》を研ぐように、研鑽《けんさん》という名の過程《かてい》で脂肪はおろか余分《よぶん》な筋肉すら削《そ》ぎ落とした――一般人《いっぱんじん》とは一線を画す次元にある肉体。

自らの骨格を識《し》り、骨、内臓《ないぞう》の負《ふ》担《たん》まで考え尽《つ》くした上での、一グラムの齟齬《そご》すらなく完全なまでに計算しつくされた体形。

古代の彫像美術《ちょうぞうびじゅつ》ですら及《およ》ばない、人体工学という分野の紛《まが》うことなき完成形。

「ところで、先輩の番ですよ」

「分かっている、〈女王〉を3Bへ」

短く告げるその間すら、彼は動きを止めていない。

両手で握《にぎ》る金属製《きんぞくせい》の長鎗《ながやり》。

鈍色に輝《かがや》くその武《ぶ》器《き》を構《かま》え、振るう。

振るう。振るう。振るう。

その流れのまま、勢《いきお》いを殺さず廻《まわ》す。縦《たて》に廻し、横に廻し、そして薙《な》ぐ。

風を「斬《き》る」。庭園に吹く微風と明らかに質《しつ》の異《こと》なる風鳴りが響《ひび》く。

とある目的に沿《そ》って特化された、完全なる戦闘《せんとう》用鎗術《そうじゅつ》。鳥の羽《う》毛《もう》が舞うような軽捷《けいしょう》感と同時、全《すべ》てを刺《さ》し貫《つらぬ》く寒気が並行《へいこう》して存在《そんざい》する。

それが美しいと感じられるのは、この男の動きがあまりに俊敏《はや》く、そして軽やかだからなのだろう。

なるほど、確かに彼ならばキマイラの爪を生身で受けても自分のようにはなるまい。

――まったく、敵《かな》わないなこの人には。

しばしその演舞《えんぶ》を眺《なが》め、カインツは膝上《ひざうえ》に載《の》せた金属盤《ばん》へと目を向けた。言われるまま、盤面に配置された赤色の敵駒《てきごま》を移動《いどう》。

しばしの黙考《もっこう》を挟《はさ》み、自分の白駒を持ち上げる。

「では12Eへ〈騎士〉を。〈王〉まであと二歩ですね」

瞬間。鎗の勢いこそ変わらぬものの。

「む……」

わずかに、彼の鋭利な眼光が弱まった。

「では15のFに〈王〉を逃《に》が……そうと思ったが」

短く切り揃《そろ》えた亜麻《あま》色の髪を風になびかせながら、彼が視線《しせん》だけをこちらに送る。

「一つ訊《き》く。もしや12のFにはお前の〈弓兵〉がいないか？」

「ええ、三手前に移動させた奴《やつ》ですね。しっかり〈王〉を狙《ねら》ってますよ」

「では14のDに〈王〉を逃が……したかったが」

再《ふたた》び一呼吸分の間が空いた。

「もう一つ訊くが。もしや14のDにお前の〈道化〉が隠《かく》れてないか」

「あ、ばれてましたか？」

膝上の盤面を一瞥《いちべつ》し、カインツはあえておどけてみせた。

「騎士で前面、弓兵で縦列《じゅうれつ》を塞《ふさ》ぐ。王が逃げようとする場所には罠役《トラップ》の〈道化〉を配置。お前が唯一《ゆいいつ》覚えている攻《せ》め方だからな。見え見えだ」

誇《ほこ》った様子もなく鎗を振るう彼。それにしてもよくぞまあ覚えているものだ。さすが、この遊戯《ゆうぎ》を教えてもらった「先輩」なだけはある。

次の手を告げてくる。そう思わせる数秒の空隙《くうげき》を残し――

「が、それに捕《と》らえられた私も人のことは言えんな。投了《とうりょう》だ」

やおら、彼の声音《こわね》が弱まった。

「ちょうど日課も終わった。頃合《ころあ》いといえば頃合いか」

その言葉の通り、いつしか彼の持つ長鎗も動きを止めていた。

相手が汗を拭うのを待ち、カインツは腰掛《こしか》けていた椅子から立ち上がった。

「今日の先輩、心ここにあらずといった感じでしたが？」

「……ふむ」

鍛錬を始めてから今まで。

クラウス・ユン・ジルシュヴェッサー。この敷地の所有者は、ようやく自分に顔を向けてきた。

「いつもはボロ負けですからね。今日の先輩の手はどうにも精彩《せいさい》を欠いていたし」

「いや済《す》まない。だが何も手を抜《ぬ》いていた訳《わけ》ではないんだ」

それは百も承知《しょうち》。口に出すまでもなく無言で頷《うなず》いてみせる。

「――考え事ですか」

彼にとって、鎗の鍛錬《たんれん》はもはや思考と別に存在《そんざい》する。だからこそ鍛錬の間にもこのような盤ゲームができるのだが、今日に限《かぎ》っては自分との盤上の差し合い以外にも、打ち合う相手がいたらしい。

「まあな」

隠《かく》す素振《そぶ》りもなく、彼が濁《にご》った吐息《といき》を絞《しぼ》り出す。

「この歳《とし》になってとも思うが、娘《むすめ》のことだよ」

「確か、十六歳《さい》になられたんですよね」

厳《いか》めしい外見と裏腹《うらはら》に、家族に対する彼の情《じょう》は厚《あつ》い。自分も暇《ひま》さえあれば彼の家族自慢《じまん》を聞かされている。

……けど、娘の話か。

今まで聞かされていたのは、彼の妻《つま》の話が主。娘の話はあまり耳にした記憶《きおく》がない。いや、彼の方がそれを避《さ》けていたと思わせる節もあったほどだ。

「そういえば、娘についてはあまり話したことがなかったな」

長鎗に白布《しろぬの》を巻《ま》きながら、彼がにわかに目を細める。

「ところでだ。才能《さいのう》というものについてどう思う」

娘の話になるかと思いきや、この相手は前振りとまるで異《こと》なることを訊《き》いてきた。

「才能……どうと言われても、面白《おもしろ》い返事をすぐにというのは難《むずか》しそうですね」

「四十年。私はこの道で生きて、自他称問《じたしょう》わず多くの『天才』と出会ってきたよ。彼らの多くと実際《じっさい》に話し食事を共にし、その中で一つ悟《さと》ったことがある」

小さな吐息を従《したが》え、彼は自らの拳《こぶし》を持ち上げた。

「この世に天才はいない、ということだ」

「出会った中で、一人たりともですか」

自分では的を射《い》た質問《しつもん》のつもりだった。だが。

「ああ、ただの一人もだ」

まるで動じた素振りを見せず、どこか乾《かわ》いた眼差《まなざ》しで彼は首を横に振ってきた。

「出会った者の大半が、やはり陰《かげ》で相応《そうおう》の努力をしていることが見て取れた。それ以外で成功者とされる者もいたが……やはりそれは、単に運を味方にしただけのつまらない人間だった」

　それきり彼が口をつぐむ。

「――と、思っていた」

　と思いきや、沈黙《ちんもく》もそこそこに彼は肩《かた》をすくめてみせた。

「だがまあ、それだけ自信を持っていたんだが、どうも間違《まちが》いだったらしい。二人、この世界に二人だけ、どう誤魔化《ごまか》そうとしてもできない『天才』と出会ってしまった」

　よどみなく言葉を綴《つづ》り、そして、彼は鋭利《えいり》な眼光を向けてきた。

「私が知る二人。その内の一人はお前だよ、カインツ」

　一瞬《いっしゅん》、息が詰《つ》まるのを自覚する。

　彼の口上を聞きながら、薄々《うすうす》とは予感していた。

　カインツ・アーウィンケル――歴史上誰《だれ》一人として踏《ふ》み入ることの敵わなかった未踏《みとう》の領域《りょういき》、名詠《めいえい》五色の全制覇《せいは》を成し遂《と》げた虹色《にじいろ》名詠士。

「……こんな場面でおだてられるのは複雑《ふくざつ》な気分ですよ」

「事実だからな、これればかりは仕方ない」

「そのもう一人とやらは？」

　もし自分が名前を挙げるとするならば、それは間違いなく、かつて互《たが》いに約束を誓《ちか》った夜色の少女。実に十数年の年月を経《へ》て、とある学園で再会《さいかい》を果たした相手。しかし、彼がそれを知っているはずもない。

「名詠士の世界ほど派手《はで》ではないがな、我々《われわれ》の道もそれなりに歴史と人口を持っている」

それは当然承知のこと、頷くまでもなかった。

「本家たる我がユン家、そしてその宗家《そうけ》。歴史上数千人を数えるであろう道に、史上例のない、まさに申し子たる少女が現《あらわ》れた」

ふと、カインツは我知らずのうちに眉《まゆ》をひそめた。

今、彼は何と言った。――少女？

「ああ、そうだ」

粉末化した鉄錆《てつさび》を思わせる空虚《くうきょ》な声音で、彼は続けてきた。

それは悪いことではなく、むしろ誇るべきことのはず。

なのに。なぜこの人の視線はここまで曇《くも》ってしまっているのか。

「その才能は、だが大輪の花を咲《さ》かせる直前で止まっているのさ」

苦悶《くもん》にも似《に》た表情で彼が弱々しくこぼす。

「あろうことか。あの子は天賦《てんぷ》の才たるジルシュヴェッサーの名を捨て、名詠士の道を選んでしまった」

ジルシュヴェッサーの名前？

〝この歳になってとも思うが、娘のことだよ〟

彼の呟《つぶや》きをようやく思い出す。

「先輩《せんぱい》、まさかその少女」

「……私の、一人娘《むすめ》さ」

「あなたの一人娘ともあろう者が、祓名民《ジルシェ》を捨《す》て名詠士に？」

「あの子が選んだ学舎《まなびや》は、トレミア・アカデミー」

トレミア。

その名で自分の思い当たる学園は僅《わず》かに一つ。まさか。

「ああ。お前が出《で》くわした、あの触媒《カタリスト》暴発事件《ぼうはつじけん》が発生した学園だ。お前もそこで、あの子と出会っていたかもしれんな」

「そのご令嬢《れいじょう》の名前は？」

茜色《あかね》の陽《ひ》をしばし見つめ、その父親は静かに瞳《ひとみ》を閉《と》じた。

「──エイダ。今年名詠学校のハイスクール生になったばかりの女の子だよ」

一奏　『赤銅色《しゃくどう》の詠使《うたつか》いになりたくて』

1

　大陸辺境《へんきょう》としては異例《いれい》とも言える、生徒数千人を超《こ》える名詠式専修《せんしゅう》のハイスクール——それがトレミア・アカデミーだ。敷地《しきち》規模《きぼ》は他の名詠学校の優《ゆう》に数倍、その設備《せつび》・教員の質も他の名門校に劣《おと》らないと評《ひょう》される。

　その敷地の中央部に位置する、ドーム状《じょう》のアーチを描《えが》く建物。『図書管理棟《かんりとう》』——蔵書数《ぞうしょすう》百二十万冊《さつ》を数え、地上五階、地下二階にまで広がりを持つ施《し》設《せつ》である。学習だけではなく交流・休息といった目的でも用いられ、生徒のみならず教師《きょうし》も頻繁《ひんぱん》に足を運ぶ、多目的ホールという一面も持っている。

　その二階で。白制服《せいふく》に身を包んだ幼《おさな》げな生徒が、ずらりと並《なら》べられた本棚をじっと眺《なが》めていた。年齢《ねんれい》はせいぜい十二、三。深い紫色《むらさきいろ》の髪《かみ》と中性的《ちゅうせい》な面立《おもだ》ちの少年だ。

「えっと。これと……これ、と」

一抱《ひとかか》えはある資料《しりょう》集を数冊まとめて両手で抱え、少年がいそいそと階下のロビーへと降《お》りていく。

「ネイト君、だいじょうぶ？　足下《あしもと》ふらふらしてるよ」

その姿《すがた》を目にし、制服姿の少女が口を開いた。

ミオ・レンティア。金髪《きんぱつ》童顔、おだやかな口調が特徴《とくちょう》で、実年齢である十六よりは二、三歳幼く見られることが多い女子生徒だ。

「へ、平気です……たぶん」

持ち上げた本から顔を覗《のぞ》かせ、その少年――ネイト・イェレミーアスはかろうじて彼女に対して頷《うなず》いた。

「外暑そうだし、もうちょっと図書館で休んでいけば？」

読みかけの本を閉じ、不安げな顔つきで訊《たず》ねてくるミオ。図書管理棟というのは学園側の正式名称《めいしょう》。しかしその長い呼称《こしょう》は生徒も教師も用いず、もっぱら『図書館』で済《す》ませてしまうのが習慣《しゅうかん》になっている。

「名詠《めいえい》の練習は外でしかできないですから。それに、クルーエルさんに外で待っててもらってますし」

名詠式。それが、この学園で生徒が専門的に学んでいる技術である。自分の望む対象を心に描き、それと同色の触媒《カタリスト》を携《たずさ》えた上で対象の名を賛美する——一種の物体転送術。

『*Keinez*《赤》』・『*Ruguz*《青》』・『*Surisuz*《黄》』・『*Beorc*《緑》』・『*Arzus*《白》』の五色に分類され、そこで生徒は各自の専攻色を決め、その専攻色と同色の物体を詠《よ》びだすことを目標とするわけだ。

「ミオさんはどうします？　クルーエルさんも校庭で待ってますけど」

見ると、既《すで》に彼女の視線《しせん》は自分ではなく、手元の本へと向いていた。ちなみに彼女の専攻色は緑色名詠。彼女の場合であれば、仮に緑色のカエルを詠《よ》び出すには緑色の画用紙など緑の何かを触媒《カタリスト》として用意し、そのカエルを讃《たた》える詠《うた》を歌うという過程になる。

「ちょっと待ってて。もうすぐこの本読み終わるから。うーん、推理物《すいりもの》って、どうしてこう先が気になるのかなぁ」

……その台詞《せりふ》、三日くらい前からずっと聞いてる気がするんですけど。

夏休み以降《いこう》ふとミステリー関係の本に手を出して以来、ミオは延々《えんえん》とこの調子。彼女のことだ、ここにある推理物全《すべ》てを漁《あさ》りつくすまで図書館から出ないだろう。

「じゃあ、先に校庭で練習してますね」

積み上げた本のせいで前方がろくに見えないのだけれど、まあそれは仕方ない。図書館の出口を越え、玄関《げんかん》部へ続く渡《わた》り廊下《ろうか》へと——

「……っ！」

壁《かべ》に突《つ》き当たったかのような衝撃《しょうげき》に、抱えた本ごとネイトは床《ゆか》へ転がった。

「っと。平気かい」

見上げたそこに、眼鏡《めがね》をかけた線の細い教師。教師に支給される白衣に、胸元《むなもと》には青糸で織《お》り上げた校章。ええと、たしか最上級生の担任《たんにん》をしてた先生だっけ。

「あ、は、はい。平気です。その……ごめんなさい」

「通路は前を見なさい——と、普段《ふだん》なら言うところだけど」

床に転がる分厚《ぶあつ》い資料集の山を見回し、その教師はふっと表情を和《やわ》らげた。

「君の勉強熱心さに免《めん》じて、今日に限《かぎ》ってお小言はやめておこう」

床に散らばる本をかき集め、教師がその表紙をじっと眺める。

「懐《なつ》かしいな。この資料集は自分もよく読んだ。と言っても、学生時代の話だけどね」

積み重ねた本を手渡してくる。それも、自分が最初に積んでいたのと同じ順番。ぶつかった時に順番まで覚えていたのだろうか。

「あ……ありがとうございます」

「夏期休暇《きゅうか》中とはいえ、廊下は静かに歩くことを忘《わす》れずに」

悪戯《いたずら》っぽく、その教師は眼鏡のブリッジを持ち上げてみせた。

夜色の髪をなびかせ、小柄《こがら》な少年が早足気味に通路を去っていく。

「……そういえば、あの子」

その背《せ》に向け、ミラーは双眸《そうぼう》を細めた。

ネイトと言ったか。学園に入学早々、特殊《とくしゅ》な境遇《きょうぐう》を持つ生徒として、教師内でも話題にのぼる生徒だった。五色から成る名詠式。学園内のどの生徒も既在五色のどれかを専攻とする中、しかしこの少年だけはまったく異《こと》なる色の名詠式を習得しようとしていたからだ。

夜色名詠――公式にはその存在すら認められていない異端色《いたんしょく》。

「残念、もう少し話したいこともあったんだが」

教師である自分にも未知なその名詠。もちろんそれも気になるが、自分にとっては更に別の話題があった。

自分とあの少年をつなぐ、一人の女性について。エルファンドを卒業し彼女がどのような足跡《そくせき》を経てきたのか。かつての同級生として少なからず興味《きょうみ》はあった。

「あいにく、仕事がなければの話だけど」

小脇《こわき》に挟《はさ》んだ資料を一瞥《いちべつ》、深く息をつく。

「さて、自分は今から調べ物か」

「……ネイト」

背中越しにかけられた声に、触媒《カタリスト》入りのフラスコを片手《かたて》に振《ふ》り向いた。

「は、はい。なんでしょう」

「やっぱり少し休みましょ。キミ、足下《あしもと》ふらふらしてるよ」

やわらかで落ち着いた少女の声。その声は、自分の立つ校庭から数メートル離《はな》れた木陰《こかげ》からだった。真夏の鋭《するど》い陽射《ひざ》しを遮《さえぎ》る小さな影《かげ》の下で——そう告げてくる彼女の、緋《ひ》色の長髪《ちょうはつ》が微風《そよかぜ》に舞《ま》う。

「で、でも」

「だーめ。さっきからずっと名詠《めいえい》失敗してるじゃない。集中力だって落ちてるのよ」

彼女の言い分は筋《すじ》が通っていた。反論《はんろん》できる言い訳《わけ》が思いつかない、渋々《しぶしぶ》ながらネイトは頷《うなず》くことにした。

「……はぁい」

「ほら、これ被《かぶ》ってなさい」

有無《うむ》を言わさず、鍔《つば》の広い麦わら帽子《ぼうし》を押《お》しつけられた。ややサイズが大きいらしく、目の前の視界全部が鍔の陰に隠《かく》れてしまう。

「……あの、前が見えないんですけど」

帽子を頭から浮《う》かせ、ようやく視界が広がった。

と。その視界全てを埋《う》めるほど近い距離《きょり》――

「それでいいの。どうもキミは、力つきて倒《たお》れるまで前に走り続けちゃうタイプみたいだからね」

目の前に、真っ青なワンピースを着た少女が立っていた。緋色の長髪に長身、遠目からでもその容姿《ようし》が際《きわ》だつ少女。

クルーエル・ソフィネット。年齢は自分より三つ年上の十六歳。その髪の色が示すかのように、赤色名詠を専攻。自分がこの学園に転入してきて以来、ずっと傍《そば》に居《い》てくれる人だ。

「ま、困《こま》ったことに、それがキミのいいところでもあるんだけどね」

くすりと、からかい半分といった微笑《びしょう》を彼女がこぼす。

「……なんか、あんまり褒《ほ》められた気がしないです」

ふふ――案の定どこか楽しげに、彼女は口元に手をあてた。

「それより、少し日陰で休んでていいよ」

風になびくワンピースを手で押さえたまま、彼女が背を向け歩き出す。

「あ、あれ。クルーエルさん？」

「たしか学内のカフェ開いてたわよね。冷たい飲み物でも買ってくるから、そこで待ってて」

2

校庭に吹き降りる風が地上の砂《すな》を巻《ま》き上げる。

「……ホントに暑いや」

校舎の陰に身を寄せ、ネイトは額の汗を拭った。自分もクルーエルのような軽装《けいそう》にすれば良かったのだが、つい条件反射《じょうけんはんしゃ》で普段の白制服を着てしまったのだ。寮に戻《もど》って着替《きが》えるというのも手ではある。しかしそれはそれで面倒《めんどう》だ。

「……クルーエルさん、まだ戻ってこないかな」

一年生校舎《こうしゃ》からカフェまでは往復《おうふく》で十分ほど。混《こ》み具合によってはまだしばらく時間がかかるだろう。

「お、ネイティじゃん。どしたのさ」

——ミオさんみたいに、やっぱり今日はどこかで本でも読んでようかな。

「……あ、あれ？　ネイティ、聞こえてないってやつ？」

となるとやっぱり図書館かなぁ。ミオさんもまだいるだろうし。

「ちょ、ちょっとこらネイティ、無視《むし》しないでってば。……ああもうっ、ネイトってば」

ネイト？

突如《とつじょ》後ろから聞こえてきた自分の名前に、ネイトは反射的に振り向いた。すぐ目の前に、見覚えある黒髪長身の女子生徒。

「……あれ、サージェスさん？」

ミオやクルーエル同様、自分のクラスメイトの少女だ。学校指定の制服《せいふく》ではなく、今の彼女は藍《あい》色のスポーツウェアを着こなしていた。その背に、自分が丸々入れてしまえそうな巨大《きょだい》なリュックまである。

「おはようございます、サージェスさん」

「おはよ。てか最初から気づいてよ。さっきからネイティのこと呼《よ》んでたのに」

「ネイティって、僕《ぼく》だったんですか？」

似《に》た名前だなとは思っていたけど、まさか僕のことだったとは。

「だってほら、年違《ちが》うけど一応《いちおう》同級生じゃない。『ネイト君』みたいな君付けってちょっと苦手なのよね。そこでこの愛称《あいしょう》よ。どう？　素敵《すてき》でしょ？　今この場で考えたにしては素敵よね」

「ど、どうと言われても」

圧《お》されるように後ずさりしつつ、ネイトはゆっくりと彼女の背負う荷物を指さした。

「……えと、サージェスさん、夏休みなのにどうして学校にいるんです？　しかもそんな大きなリュック背負って」

「さりげなく話を逸《そ》らしたわね。……まあいいけどさ」

よっ、と――軽く呟《つぶや》き、少女が背の荷物を降ろす。地に降ろした途端《とたん》、どすんという鈍《どん》重《じゅう》そうな音と共に砂埃《すなぼこり》が舞《ま》う。

「それ、何が入ってるんですか？」

その途端。

「ん、これ？　知りたい？　聞きたいのね？　後悔《こうかい》しないわね？」

怪《あや》しげな光を目に灯《とも》し、にやりとサージェスが近づいてきた。

「あ……や、やっぱりいいです。なんか恐《こわ》そうだから」

「いやいや大したことないって。ただの新鮮《しんせん》な人の遺体《いたい》、それもちょうどネイティくらいの幼《おさな》くて――」

「うわあっ、誰か来てえぇぇえ！」

「って、ちょっと、こらネイティ逃《に》げないで！　冗談《じょうだん》だからっ！」

一目散に駆《か》け出す間際《まぎわ》に首筋《くびすじ》を掴《つか》まれ、おずおずとネイトは彼女の方に振り向いた。

「……ホントは何が入ってるんですか」

「テントと寝袋《ねぶくろ》と食料と雨具と、その他もろもろよ。ほら、わたし登山部だから」

登山部。そう言われてみれば、そんな部活があったような気がする。確《たし》かに、彼女が履《は》いている靴《くつ》も普段《ふだん》の運動靴ではなく、なにやら重厚《じゅうこう》な造《つく》りになっていた。

「明日から四泊《はく》五日で夏山に挑戦《ちょうせん》するの。今日が部活の最終ミーティングだから。んで、ネイティはどうしたの」

じろじろと、彼女がこちらの制服を眺《なが》め回す。

「えっと、クルーエルさんとミオさんと一緒《いっしょ》に名詠《めいえい》の練習です」

「ああ、クルーエルはさっきすれ違ったわ。ミオは？」

「図書館で推理《すいり》本《ぼん》読んでます。今年の夏中に、図書館にある全五百七十冊《さつ》を読破《どくは》してみせるとかで」

「名詠の練習と関係ないじゃん」

ある意味、ごく自然な突っ込みを口にする彼女。

「意気込みはすごいんですよ。ここ数日、朝七時には学校の図書館に来て開館を待ってるらしいです。生徒の中で一番早く来てると豪語《ごうご》してましたし」

「……ふむ」

やおら、サージェスの瞳《ひとみ》の色が微《かす》かに変わった。

何やら考え込むように、相手の視線《しせん》が宙《ちゅう》を泳ぐ。

「ネイティって、たしか学校の寮《りょう》に住んでるんだっけ」

「ええ。運良く一つだけ空いてたので、そこに入れてもらいました」

トレミア・アカデミーの寮は学園の敷地《しきち》内に設《もう》けられている。一年生校舎から歩いて十数分の距離にあるので生徒からの人気は高い。競争率《りつ》が高いため、実家が遠いなどの特殊《とくしゅ》な事情がなければ、今はほとんど入寮できないらしい。

「んじゃさ。明日早起きして、六時半に学校においで」

さらりと彼女が告げてきた時刻《じこく》に耳を疑《うたが》った。

「……六時半？」

「そそ。ただし、六時半に『一年生校舎《こうしゃ》の屋上』ね」

よりによって校舎の屋上？　無理だ。六時半といえば校門こそ開いているかもしれないけれど、校舎の方は施錠《せじょう》されている時刻のはず。

「非常《ひじょう》階段使いなさいな。校舎入らなくても屋上までいけるから」

非常階段は、普段生徒の立ち入りが禁止《きんし》されている区域《くいき》の一つだ。でも、なぜそこまでして?

「そこに誰かいるんですか」

「行けば分かるよ。っと、わたしはそろそろ部会議《ミーティング》の時間だ」

校舎の外壁《がいへき》に掛《か》けられた大時計を眺め、サージェスがリュックを背負いなおす。

「ではお二人さん。邪魔《じゃま》者は消えるので後はごゆっくり」

お二人さん? その意味を推《お》し量《はか》るより先。

「……なんか引っかかる言い方ね」

聞き馴染《なじ》みのある声が背中側から聞こえてきた。振り向いたそこに、両手に飲み物のカップを抱《かか》えたクルーエル。眉《まゆ》をつり上げる彼女に対し、リュックを背負った方の少女は陽気な口調で手を振ってきた。

「いやいや、別に深い意味はないってば。それよりクルーエル、あんた早く左肩治しなさいよ」

ワンピースの袖《そで》が風に舞《ま》い、そう言われた少女の肩先が微かに陽の下に晒《さら》される。ほのかに上気した肌《はだ》に、白い包帯が痛々《いたいた》しい。二週間ほど前、学園で起きた事故《じこ》で負った傷《きず》だ。

本人曰《いわ》く、もうほとんど治ったと言ってはいたが。

「……分かってるわよ」

「あんた、大人しそうに見えて案外やるときは無茶するからね」

やや憮然《ぶぜん》とした面持《おもも》ちでクルーエルが口を尖《とが》らせる。その姿に、黒髪の少女の方は可笑《おか》しそうに表情をゆるませた。

「でもま、そこら辺があんたの可愛《かわい》いとこだから」

「な……なによそれ」

どこかで聞いたような台詞《せりふ》を自分に返されるとは思っていなかったのか、気恥《きは》ずかしげにクルーエルが後ずさる。

「んじゃね、バイバイお二人さん」

悪戯《いたずら》ぽい笑顔を残しサージェスが校舎の方へと去っていく。

その姿《すがた》が校庭から消えるのを見送って——

「あれ、そう言えばサージェスどうしたのかな。あんな大きな荷物持って」

聞きそびれたらしく、クルーエルが頭上に疑問符《ぎもんふ》を浮《う》かべた。

「部活だそうです。登山の合宿らしいですよ」

「そっか。遠出するならお土産《みやげ》でも頼《たの》んでおけばよかったわね。でも山のお土産って、何があったかな」

「……遭難者《そうなんしゃ》の新鮮《しんせん》な遺体《いたい》。それも僕《ぼく》くらいの年頃《としごろ》の」

「え?」

「……なんでもないです」

リュックの中にソレが収《おさ》められている図を想像《そうぞう》してしまった。……うぅ、もうしばらく頭から離《はな》れなさそう。

「あ、そうだ。クルーエルさん。明日僕、ちょっと早めに学校行きたいなって」

「うん。わたしの方はいつも通りの時間になっちゃいそうだけどね。それにしても、どうしたのいきなり」

なんて説明すればいいんだろう。数秒沈思《ちんし》したあげく。

「なんか、誰かが屋上にいるとかいないとか」

サージェスに言われたことそのままを、ネイトは答えることにした。

「誰かって、誰?」

「さあ……教えてもらえませんでしたから」

どう表情を作ればいいのか迷《まよ》い、ネイトは頬《ほお》を掻《か》いた。

教えてくれない——言い換《か》えるなら、ここで教えずとも、屋上に行けば分かる相手だと彼女は暗黙《あんもく》のうちに言ってきたということになる。

……それってつまり、僕の知ってる人だってこと？

正門から見上げる、校舎に掛《か》けられた大時計。その時計の針《はり》は、昨日サージェスと約束した時間より更《さら》に半時間ほど早かった。

3

――現在六時。

一年生校舎の屋上って言ったって、こんな朝早くに誰がいるんだろう？

それが気になるあまり昨夜はろくに寝《ね》れなかった。そのおかげで、早く来れたのはいいのだけれど、まぶたが重くて仕方ない。

洩《も》れそうになるあくびを噛《か》みつぶしつつ、ネイトは正門をくぐりぬけた。

生徒はおろか、周囲には教師《きょうし》の姿《すがた》さえ見あたらない。一年生校舎《こうしゃ》の横、ドーム状《じょう》の設計《せっけい》になっている図書管理棟《かんりとう》へとつま先を向けた。案の定というべきか、図書館はまだ開館すらしておらず、そこに並《なら》ぶ生徒の姿もない。当然、自分の良く見知った少女の姿も。

「この時間だもの。ミオさんが来てなくても当然だよ」

自身に言い聞かせるよう口にし、ネイトは一年生校舎へきびすを返した。

金属製《きんぞくせい》の強固な造《つく》りをした鈍色《にびいろ》の建物。競演会《コンクール》の事件《じけん》でキマイラの襲撃《しゅうげき》を受けたものの、その校舎自体は無事だった。

「……やっぱり閉《し》まってる」

校舎の入り口に掛けられた巨大《きょだい》な南京錠《ナンキンじょう》。それを一瞥《いちべつ》し、校舎の裏手《うらて》へと回る。

日の当たらぬ草地から頭上へそびえる、螺旋《らせん》状の非常階段。

「アーマみたいに飛んでいけたら楽なのに」

屋上まで続いているであろう長い螺旋の渦《うず》を見上げ、ネイトは小さく溜息《ためいき》をこぼした。

カツ、カツン……

所々錆《さ》び付いた階段に、一人分の足音が幾重《いくえ》にもこだまする。

二階を越《こ》え三階を越え、校舎の頂上《ちょうじょう》へ。

——こんなとこ、本当に誰かいるの？

サージェスの言うことを嘘《うそ》だと決めつける気はない。ただ、校庭や教室ならばともかく、わざわざこんな場所に生徒がいる理由が思い浮《う》かばないのも事実だった。

屋上へと続く最後の一段を上りきる。

さっとまぶたを焼く朝日に目を閉じかけた。完全に閉じなかったのは、それより先に、何か鋭《するど》い風切り音が鼓膜《こまく》に響《ひび》いてきたからだ。

この音、何？

音の方向――広大な屋上の中心部へと視線を向ける。

「……え」

眩《まぶ》しい陽射《ひざ》しの中、ネイトは両目を見開いた。

鮮烈《せんれつ》な陽を浴び踊《おど》る、小麦色の肌《はだ》をした少女がそこにいた。

――違う。踊りなんかじゃなくて……

少女が握《にぎ》る長大な棒《ぼう》。金属特有の鈍《にぶ》い光を放つその先端《せんたん》、鋭利《えいり》に研《と》ぎ澄《す》まされた刃《やいば》――それはすなわち、鎗《やり》だった。

自《みずか》らの背丈《せたけ》を上回る長さの鎗を少女が振るう。

流れるように払《はら》い、踊るように廻《まわ》し、舞うように穿《うが》つ。一瞬《いっしゅん》として澱《よど》むことなき動き、一つとして同じ動作のない型。見る者を惹《ひ》きつけ誘《さそ》うような、あまりに洗練《せんれん》された刃の流れ。これが本当に鎗の鍛錬《たんれん》なのか。そう思わせるほど華麗《かれい》な体捌《たいさば》き。

「……すごい」

一見、できすぎた演舞《えんぶ》を思わせる華麗な闘舞《とうぶ》。しかし、演技《えんぎ》には決して出せぬ気迫《きはく》がそこにはあった。迫真という言葉すら生温《なまぬる》い。鎗振るう者の眼差しがそう告げてくる。

少女の動きは止まらない。徒競走が可能《かのう》なほどの広さを持つ屋上を、目に追いつかぬ足運びで駆《か》けめぐる。陽を受け輝《かがや》く汗《あせ》の飛沫《しぶき》すら美しい。どんな運動ともかけ離れた、次元を逸《いっ》する領域《りょういき》。

屋上の端《はし》から中央へ戻り、少女が片手で鎗を回す。

……キィィッィィン

「――っ！」

突如《とつじょ》鳴り響《ひび》いた金属音に、ようやくネイトは我《われ》に返った。

十メートルほど先、少女の動きが止まっていた。その手に鎗がない。

――鎗、落としたの？

心中の思惑《おもわく》を肯定《こうてい》するかのように。地に落とした鎗を見下ろす格好《かっこう》のまま、少女が小さく吐息《といき》をこぼす。

動きに魅せられ今まで気づかなかったが、彼女の背丈はそれほど高いものではなかった。自分よりせいぜい数センチ高いほど。白のショートパンツに、同色のタンクトップ。日焼けした剝《む》き出しの肩は小麦色、いや赤銅色《しゃくどう》と喩《たと》えた方が適切《てきせつ》かもしれない。

亜麻《あま》色の髪を肩先で切った、ショートヘアのボーイッシュな少女。小柄《こがら》な身体《からだ》に比例する小顔に、それと対照的な大きめの瞳《ひとみ》。どことなく猫《ねこ》を思わせる顔立ちが印象的な――

……あれ。この人見覚えが。

「ん？　あれ、キミ」

眼前の少女がようやく顔を持ち上げた。視線が触《ふ》れ合う。

「あれれ、ちび君じゃん。おはよー朝早いね」

先の息つかせぬ表情が嘘《うそ》のように、あっけらかんとした表情で相手は片手を上げてきた。

「……エイダさん？」

エイダ・ユン——目の前にいたのは、自分やクルーエルたちと同じ教室の、顔馴染《なじ》みのクラスメイトだった。

「エイダさんのそれ、鎗ですか」

「ん、ああ。ちょっと待ってね。あたし汗かいたままでいるのダメなんだ」

屋上の端に置いてあった鞄《かばん》からタオルを取り出す少女。

エイダさん、一体いつからいるんだろう。

朝七時前だというのに。にこやかに笑う彼女の額《ひたい》、いや全身は、この時刻《じこく》にして既に大《おお》粒《つぶ》の汗が止めどなく流れ落ちていた。

「ねえ、ちび君。お願いがあるんだけど」

……ちび君？

「あ、あの。ネイティのがまだマシな気が」

「えー。ちび君て呼《よ》び名、可愛《かわい》いじゃない。こっちのが愛嬌《あいきょう》あるよ」

「そうですかぁ？」

遠回しに不満を口にするも彼女の方はあっけらかんとした表情のまま。既に彼女の中ではその呼び名が定着してしまったらしい。

「うんうん。ところでちび君。少し後ろ向いててもらえるかな」

「後ろ？」

なんのためだろう。その意図が摑《つか》めず、ぼぅっとエイダの方を見つめる。

と、彼女の方がにやりと唇《くちびる》をつり上げてきた。

「ちび君は、やっぱりちび君だなぁ」

「え？」

「着替《きが》えよ着替え。あたしタンクトップ脱《ぬ》ぎたいから。後ろ向いてないと、ちび君にはまだ刺激《しげき》が強すぎるものね？」

「……それならそう言ってください」

頰《ほお》をふくらませ、ネイトはぷいっと後ろを向いた。もう、着替えと言ってくれたらすぐそうしたのに。

「だから、そこがちび君なのよ」

からかうように、どこか楽しげに彼女は肩をふるわせた。

「部活動？」

少女の告げてきた単語は、妙《みょう》に聞き覚えのあるものだった。

「うん。あたし鎗術会《そうじゅつかい》ってのに入ってるの。さっきのはその練習」

「練習って、こんなに朝早くからですか」

正確《せいかく》な時間は不明。推《お》し量《はか》るしかないものの、彼女がここにきたのはおそらく六時前。毎朝どれだけ早くから。

「部の練習は十時から。それまでは個人《こじん》レッスンの時間てこと」

「個人レッスンて、自主練習ってことですよね？」

すると。照れ隠《かく》しのつもりか、はにかみ顔で少女は後ろ頭に手をやってみせた。

「まあ人それぞれよ。あたしはほら……物覚えが悪いから。質の良い練習ってのがよく分かんなくてさ、もっぱら量で稼《かせ》ぐの」

物覚えが悪い？

「え、でもエイダさん。鎗術会に入ったのって今年の四月ですよね？　まだ半年も経《た》ってないのにあんなすごいんだもん。物覚えが悪いなんて」

にわかに、彼女の表情が変わった。

何が変わったか言葉に表せないくらい微細《びさい》な変化。でも何か、彼女の瞳《ひとみ》に怖《こわ》いものが灯《とも》っていた。恐い。正確には、恐いくらいに昂《たか》ぶった何か。

「いやいや。ちび君も見てたでしょ。最後の最後に鎗落としちゃったし。格好悪いったらありゃしない。あんな初歩ミス一体何年ぶり――」

……何年？　それって。

彼女の口ずさむ単語の意味を理解《りかい》するより先、当人の方が慌《あわ》てて腕《うで》を振《ふ》ってきた。

「あー。今のなし、忘《わす》れて忘れて。女の子の秘密《ひみつ》」

「……は、はあ」

今ひとつ釈然《しゃくぜん》としないものの、彼女の勢《いきお》いに圧《お》され仕方なく頷《うなず》くことにした。

――でもすごいなぁ。

運動着姿の彼女はとにかく小柄に映《うつ》る。見た目だって、あの鎗を振り回せるのが信じられないほど華奢《きゃしゃ》に思えるのに。

「まあ、この体形維持《いじ》するのも割《わり》と苦労してたりするんだけどね」

自身の腕《うで》を指先でつつき、苦笑気味にエイダが腕を組む。

「こんな重い物振り回してるとすぐ筋肉《きんにく》ついて重くなっちゃうし。男はそれでもいいんだけど、女の子でそれはちょっとね。……日焼けはもう諦《あきら》めたけどさ」

「大変なんですね」

自分の方はと言えば、その筋肉をつけるという段階で既に苦戦中だった。

――ネイト、もう少し身体鍛《からだきた》えるといいよ。クルーエルからそう言われてはいるのだが、どうにも鍛え方が分からないのだ。

「てか、男ってヤツは女のその気持ちを分かってない輩《やから》が多すぎるの。こっちが体形気にして食事節制《せっせい》してるのに『もっと食べないと身体が保《も》たないぞ』とか、お化粧《けしょう》してる時に無遠慮《ぶえんりょ》に入ってきて『支度《したく》が遅《おそ》い』とか言いだす始末だしさ」

腕を組み、不機嫌《ふきげん》そうにエイダが眉《まゆ》をつり上げる。

「……はあ。そ、そうですか」

最初は彼氏かとも思ったが。

「そもそもまったく、あの頑固親父《がんこおやじ》は娘《むすめ》の気持ちも知らないで」

彼女の話を聞くに、どうやら違《ちが》ったらしい。

「男って、もしかしてエイダさんのお父さんですか」

「うん」

存外《ぞんがい》、あっさり彼女の方はそれを認《みと》めてきた。

「うちの親父ってなんつーか朴念仁《ぼくねんじん》でさ、細かい気配りとかそういうのができないのよ。おまけに発想が貧困《ひんこん》で、一人娘の十四歳《さい》の誕生日《たんじょうび》に重さ十キロの鉄アレイプレゼントしてくるぐらいだから」

「それは……むしろ発想として斬新《ざんしん》な気がしますけど」

とんでもない！　言葉の代わりエイダが勢《いきお》いよく首を横に振る。

「重さ十キロよ十キロ。頭きたんでそのまま親父目がけて投げつけてやったの。そしたらあのばか親父、『すまん、十五キロの方が良かったか？』なんて真顔で訊《き》いてくるんだもん」

「……投げつけちゃったんですか。十キロもあるのに」

投げられた方も大変だっただろうが、でも確かにエイダさんが怒《おこ》っても仕方な——

「そもそもだ、あたしの愛用アレイは二十キロだっての！」

「怒った理由そっちですか！」

「ん？　ちび君どうしたのさ、元気ないぞ？」

……前言撤回《てっかい》。怒る方も怒る方だ。

「エイダさん、お父さんに似《に》てるってよく言われません？」

「えー、言われるわけないじゃん。むしろ似てない似てない！」

本気で嫌《いや》だったらしく、彼女があからさまに表情《かお》をしかめる。

「と、そうだ。あたしそろそろ行くね」

唐突《とうとつ》に、何かを思い出したらしく彼女はさっと立ち上がってみせた。

「もう部活の時間ですか」

「ううん。今日は買い物。せっかくの旅行だし、夏服とか鞄とか買いに行かないとね」

「旅行って、どこか行かれるんですか？」

「あれ、ちび君もでしょ」

鎗《やり》を丁寧《ていねい》に織布《おりぬの》でくるみつつ、エイダが首を傾《かし》げてきた。

「学校の校舎《こうしゃ》、この前の大騒《おおさわ》ぎでところどころ補修《ほしゅう》中でしょ。夏休み中の補講《ほこう》って普段トレミア・アカデミーでやるんだけど、今年の夏期補講は学年単位でトレミア・アカデミーの分校に行くんだってさ。海が近くにある場所だって」

そう言われてみれば、そんな掲示《けいじ》がしてあったような。

「ちび君も行くでしょ？　クルーエルも行くって言ってたし。名詠《めいえい》の練習ばっかりじゃバテるよ。たまには息抜《いきぬ》きもね」

「……クルーエルさんにも同じようなこと言われました」

「そうそう。んじゃ今からみんなで買い物行こうよ！　どうせ図書館にはミオいるんでしよ。なんだかんだでクルーエルも暇人《ひまじん》ぽいし」

言い終えるやいなや、少女がさっさと非常階段《ひじょうかいだん》を降《お》りていく。

「ちょ、ちょっとエイダさん。今日部活あるんじゃなかったんですか!」

「いいよいいよ。今日はお腹痛《なかいた》いってことにするから」

ほ、本当にいいのかな?

でも、そういえば普段の授業《じゅぎょう》もこんな感じだっけ。

「……エイダさんて不思議な人」

「え、なんか言った?」

非常階段を降りる足をとめ、耳聡《みみざと》く聞き返してくる相手。

「ううん。なんでもないですー」

白々しく嘯《うそぶ》き、ネイトも非常階段を下っていった。

4

「なあエンネ、お前暑くないの」

ふと、隣《となり》を歩く相手が思い出したように口を開いた。

「暑いけど、でも教師《きょうし》ならきちんとそれなりの服装《ふくそう》しておかないと」

思わず頷きたくなるのをぐっと我慢《がまん》し、エンネは予め《あらかじ》用意しておいた回答を口にした。

自分が着用しているのは白を基調《きちょう》としたスーツ。白の生地《きじ》は太陽光を反射《はんしゃ》するとはいえ、それでも暑いことに変わりない。

「それに、ミラーだって教師用の講義服着てたわよ」

「ああ、あの学者みたいな白衣ね。あいつはアレが好きなだけだっての」

そう言ってくる相方は、派手《はで》なまだら模様《もよう》のTシャツだ。それでも暑いらしく、今はその裾《すそ》をまくり上げている。

「……ゼッセル、もうちょっときちんとした服装にしてきなさいよ」

同僚《どうりょう》であり幼馴染《おさななじ》みでもある男性教師。学内外問わず、その台詞《せりふ》を今まで何百回聞いたことだろう。

「学園長は好きにしろって言ってたぜ。俺《おれ》だって生徒の前ではきちんとするけど、夏休みのしかもこんな時間に生徒がいるわけが――」

「いたわよ、図書館が開くの待ってる子が。たしか一年生の子だったと思うけど」

「……左様でございますか」

「というわけで、明日からあなたもスーツ着用」

……勘弁《かんべん》してくれ。

ぼそっと口にしかけた言葉を、彼が慌《あわ》てて呑《の》み込《こ》んだ。

トレミア・アカデミー、総務棟《そうむとう》。一階最奥《さいおう》の部屋――すでに自分たちがその近辺まで来ていたからだ。

姿勢《しせい》を正す同僚の隣、それとなくエンネもスーツの襟《えり》を正した。

「やっぱ気になってるよな、お前も？」

「気にならない、と言ったら信じるかしら」

からかうような口調の幼馴染みに、こちらも意味ありげに視線を送る。

「万一にも生徒に洩《も》れないようわざわざこんな早朝を選び、他言無用という条件《じょうけん》で教師たちを呼ぶ。どういった内容《ないよう》であるにしろ、それなりに構《かま》えて向き合う必要があるものに決まってるものね」

眼前にそびえる、荘重《そうちょう》な文様細工が施《ほどこ》された木製の大扉《おおとびら》。

「わたし、こういうの苦手なのよね」

あなたに任《まか》せたということで、エンネは一歩後ずさることにした。

おもむろに、前にいるゼッセルの背《せ》を押《お》してやる。

「……俺だって苦手なのに」

「ほら、頑張《がんば》って。お昼ご飯奢《おご》るから」

「……ホント勘弁してくれ」

二度目の嘆息《たんそく》を押し込み、ゼッセルが学園長室の扉をノックする。濃緑色《のうりょくしょく》の通路から一転、柔《やわ》らかい真紅《しんく》のカーペットが敷《し》かれた部屋へ。

学園長室。そこには既《すで》に、数人の教師が円陣《えんじん》を組むように立ち並《なら》んでいた。

「二人ともすまんな、わざわざ早朝に」

円陣の中央、軽装服の老人が軽く手を掲《かか》げる。

「ひとまず揃《そろ》ったようだ。皆《みな》も忙《いそが》しいだろうし、用件だけ手短かに伝えよう」

──用件？

最寄《もよ》りの壁《かべ》に背を預《あず》けたまま、エンネは周囲の顔ぶれを窺《うかが》った。

学園長、その側近として控《ひか》えるジェシカ教師長。その脇《わき》には一年生を担任する教師たち。

他学年の教師は自分とゼッセル。そしてミラーか。

「さて今夏も、一年生たちの基礎《きそ》作りという主旨《しゅし》で夏期集中補講が行われる。……が、諸君もまだ、先日の競演会《コンクール》における事件は記憶《きおく》に新しいことだろう」

競演会《コンクール》──教師たちの表情が一瞬《いっしゅん》険しいものになる。最悪の結果は免《まぬか》れたが、生徒や教師の中にも少なからず負傷者《ふしょうしゃ》が出た事件だ。

……あれは、あんまり思い出したくないのだけれど。

「我《わ》が校の補修《ほしゅう》をするため、例年この校舎《こうしゃ》で行っていた泊《と》まり込みの補講は取りやめになる。その代替策《だいたいさく》として、フィデルリアにあるトレミア・アカデミー分校の校舎を利用することにした。臨時《りんじ》の修学旅行のようなものになるな」

唯一《ゆいいつ》表情を変えぬまま、中央の老人が二の句を継《つ》ぐ。

分校。普段は学舎というより地域《ちいき》の集会所として開放されている施設《しせつ》だ。エンネ自身はまだ訪《おとず》れたことがない。フィデルリア、確か海に面した地域だったかしら。

「問題は〈孵石《エッグ》〉だ」

老人の声音《こわね》が微《かす》かに揺《ゆ》れる。重さと苦みの混《ま》じった声音。

「人命に至《いた》る事故《じこ》が起きなかったことは不幸中の幸いだが、例の事件で多少なりとも我が校の生徒、教師は被害《ひがい》を受けた。むろん校舎そのものもな。……あの時は何かと偶然《ぐうぜん》も重なったようだが、全《すべ》ての元凶《げんきょう》は、我が校に持ち込まれたあの凶悪《きょうあく》な触媒《カタリスト》にある」

毒を吐《は》くように言い捨《す》て、壁にかけられた地図を老人が視線《しせん》で示《しめ》す。

大陸の北側、大陸に走る山脈寄りに穿《うが》たれた赤い点。これはトレミア・アカデミー。

そこから多少離《はな》れた大陸の端《はし》。青く塗《ぬ》られた海に面した地点、そこに穿たれたもう一つの赤い点。これが分校か。

「あの厄介《やっかい》な触媒《カタリスト》を精製《せいせい》したケルベルク研究所。が、そこは大陸各所に支部があってな。

もともと〈孵石《エッグ》〉を精製したのは研究所本部ではなく支部らしい。実際、我が校にあの触《カタ》媒《リスト》を持ち込んだのも支部の職員《しょくいん》だった」

ケルベルク研究所の名前は、エンネにも聞き覚えがあった。大陸中央部に本拠地《ほんきょち》を構《かま》える、相当の研究員を抱《かか》える大規《き》模《ぼ》な研究機関だ。講演として、その職員が我が校に招かれることも多々ある。

「で、先ほど研究所本部の方に連絡《れんらく》を入れたが、詳《くわ》しい事情は支部の方の職員にと返してきおった」

……なるほど。うっすらと摑《つか》めてきた。顔を持ち上げると、正面に立つミラーと視線が重なった。自分やミラーが微《かす》かに頷《うなず》く中。

「事情は把握《はあく》しました。一年生が夏期合宿に行く間に、俺たちはそこの支部所長に文句《もんく》の一つも言ってこいということですね」

「……ゼッセル」

溜息《ためいき》の代わりエンネはまぶたを閉《と》じた。ここが学園長室でないのなら、隣《となり》に立つ馬鹿《ばか》の背中《せなか》をつねってやりたいくらいだ。

「え、いやもちろん冗談《じょうだん》だって？」

呑気《のんき》な表情で誤魔化《ごまか》し笑いを浮《う》かべる幼馴染《おさななじ》み。……どうしてこう男って、子供《こども》の頃《ころ》の癖《くせ》が治らないのかしら。

「まあ、ゼッセルの言うことも分からないでもないのだがな。今回ワシが気がかりなのはまた別の件だ」

人ができていると言うべきか、老人の方はさして気を害した様子もないらしい。

「どうもその〈孵石《エッグ》〉を精製した研究支部が、一年生の向かうフィデルリアにあるということでな」

……なんとまあ、タイミングが良いのか悪いのか。

とはいえ、ケルベルク研究所はトレミア・アカデミーとの協力機関。こちらの支部と相手方の支部が隣接《りんせつ》しているというのは、確かにありえる話ではある。

「ところがだ、つい一昨日本部の方から連絡があった」

老人の言葉の先を継いだのは、自分と反対の壁《かべ》に立つミラーだった。

「ここ最近、例のフィデルリア支部からの音信がまるで途絶《とだ》えてしまっているらしい。しかもその音信の途絶えた時期が、学園で〈孵石《エッグ》〉が暴走《ぼうそう》した日のわずか数日後という事実も判明《はんめい》した。こちらからも連絡してみたが、やはり相手からの返事はなかった」

「音信が途絶え、さらにはその時期が競演会《コンクール》のものと重なる、か。原因《げんいん》の調査《ちょうさ》は進んでないのか？」

眉《まゆ》をひそめるゼッセルに、老人が頷くように首を振《ふ》る。

「それを今回、君たちに調べてもらいたい。ミラー君にはその件《けん》で、既《すで》に調べ物に取りかかってもらっている最中だ」

なるほど。この部屋に入室した時から気になってはいたが、ミラーが小脇《こわき》に抱えた資料《レポート》の中身がようやく想像《そうぞう》ついた。

「そのような場所を一年生の合宿として用いるのは、本来褒《ほ》められたことではないのだが……ケルベルク研究所支部のそういった状況《じょうきょう》を把握《はあく》したのが、こちらでもつい直前のことでな。昨日今日で、すぐさま候補地《こうほち》を移動《いどう》することが少々難《むずか》しい。まあ、分校と研究所支部も直接《ちょくせつ》隣り合っているわけではない。一年生を担当《たんとう》する教師諸君には、生徒が分校の敷地から出ないよう万全を期すよう頼《たの》んである」

一年生の担任教師が一年生の見張《みは》り。

と同時に、わたしやゼッセルの役目というのはつまり――その合宿に同行し講義《こうぎ》を担当する教師のふりを粧《よそお》い、研究所の様子を探《さぐ》ること。

「……重大な任務《にんむ》ですね」

「それだけあなたたちを信用しているということよ」

そう応《こた》えたのは学園長ではない。

ジェシカ教師長――かつて自分やゼッセル、ミラーの師事した教師。

「では、それぞれ自分の職務に就《つ》いてくれ。分かっているとは思うが、この件については生徒に決して洩《も》れることのなきようにな」

二奏『ただこの時を求めていたから』

1

甲高《かんだか》い汽笛を上げ、黒塗《くろぬ》りの車体がプラットホームへと入ってくる。

上空へとめどなく吐《は》き出される高温高圧《こうあつ》の水蒸気《すいじょうき》。その理屈《りくつ》の詳《くわ》しいところまでは聞かされていないが、どうやらあの水蒸気を利用してピストン運動を起こし、その力を動輪へ伝える仕組みらしい。

「……わぁ」

見上げ、思わずネイトは驚愕《きょうがく》混《ま》じりの歓声《かんせい》を上げた。

「すごい！」

金属製《きんぞくせい》の車両が十近くも編成《へんせい》をなし、一つの列車を構成《こうせい》。どれほどの重量があるか想像《そうぞう》もできないが、こんな鉄の塊《かたまり》が動くだなんてとても信じられない。

「ネイトは蒸気機関車って初めてか？」

ぽんと肩《かた》に手がかけられる。見上げたそこに、体格《たいかく》の良い男子生徒。

「列車って初めて見ました。僕《ぼく》、こっちに引っ越して来るときは船を使ってましたから。オーマさんはあるんですか」

返事の代わりに、クラス名簿《めいぼ》片手《かたて》に、男子生徒を統括《とうかつ》するクラス長は投げやり気味に肩をすくめてきた。

「俺は田舎《いなか》に帰るときにちょくちょくな。その時は気楽でいいんだけど……さすがにこれはひどいな」

トレミア・アカデミーの一学年およそ四百人が一つのプラットホームに集結。おかげでプラットホームは生徒でごった返してしまい、どこに誰がいるかすら分からない。各クラスごとに集まるはずの予定が、現段階《げんだんかい》でオーマの下に集まってる男子生徒はわずか十人だ。

「なんつぅか、ここまで集まりが悪いとかえって潔《いさぎよ》い感じがするな」

クラス名簿をめくりつつ、呆《あき》れたまなざしで彼が周囲を眺《なが》め回す。教師《きょうし》の方もそれぞれ生徒の誘導《ゆうどう》に回っているらしいのだが、その教師の姿すら人波に埋《うず》もれてしまっている。

「クラス委員って大変なんですね」

「俺はまだいいよ。うちの男子は見つけて声かければきちんと集まるから」

はて。彼の言いぶりに首を傾《かし》げる。

「……そうじゃないことってあるんですか？」

「ほれ、大変なのはむしろあっちの方だって」

彼の視線《しせん》の先——ハンドバッグを提げた、長身に緋《ひ》色の髪《かみ》の少女が疲弊《ひへい》しきった表情《ひょうじょう》で、人波をかきわけプラットホームを走り回っていた。

トレミアの制服《せいふく》を着た少女がホームから離《はな》れ、ふらふらと駅構内の売店へと走っていく。

その首根っこを掴《つか》まえて。

「こらミオ、どこ行くつもり！」

「ん？　えとねー、お土産《みやげ》買おうかなって。地域限定販売《ちいきげんていはんばい》だって」

動じた素振《そぶ》りも見せず、のほほんと答えるクラスメイト。その小脇《こわき》には読みかけのミステリー本が挟《はさ》んであったりする。

「まだ出発すらしてないでしょ、気が早い！」

ミオをホームへと連れ戻《もど》すやいなや、彼女が次に目をつけたのは——

「……って、ちょっとサージェス、なんでそんな大きいリュック背負《せお》ってるの。列車内に持ち込める大きさじゃないわよそれ！」

「それがさー、クルーエル聞いてよ。わたし自分の布団《ふとん》と枕《まくら》じゃないとだめなの。そんなわけでさ、登山部たる者、旅行の時は寝袋《シュラフ》じゃないと。あとはテントと非常食《ひじょうしょく》と雨具とコソロと——あ、ネイティじゃん。今夜、わたしの寝袋で一緒《いっしょ》に寝《ね》ない？　すごい暖《あたた》かいんだよ」

「全部没収《ぼっしゅう》！　怪《あや》しげな誘《さそ》いも禁止《きんし》！　——ん？　こらキリエ、駅内は飲食だめよ！　ホームでお菓子《かし》は食べちゃだめだってあんなに言ったじゃない！」

「でもクルーエル。せっかく限定販売の特製クッキーなんですもの。料理研究会に所属する者としては……」

しずしずと、ウェーブがかった髪を揺《ゆ》らせる大人びた少女。まだあまり話したことはないが、彼女《キリエ》もネイトのクラスメイトの一人だ。

「謳《うた》い文句《もんく》につられすぎ！　そんなのどこでも売ってるわよ！　……あーもうっ、みんなお願いだからじっとしてて！　ていうか、無駄《むだ》な抵抗《ていこう》はやめて大人しく捕まりなさい！」

好き勝手に逃げようとするクラス女子たち。それを次から次へ摑まえて集合場所へと引き摺《ず》っていく、もう一人のクラス委員。

その様子を、ぼんやりとネイトは見つめていた。

「……クルーエルさん、可哀想《かわいそう》」

「うちのクラス、どっちかと言うと女子の方が厄介《やっかい》なんだよな」

オーマが苦笑《くしょう》するその後ろ。男子生徒の方はいつの間にか全員の顔ぶれがそろっていた。

2

……どうすればいいんだろう。

敵勢《てきせい》の守りは盤石《ばんじゃく》だった。

全方位に対して隙《すき》がなく、一点の集中攻撃《こうげき》に対しても厚《あつ》い守備《しゅび》壁《へき》を敷《し》いている。残しておいたはずの坑道《こうどう》は敵駒《てきごま》に埋められ、〈王〉を守る兵たちも既に分散させられている。

──最後の特攻か？　いやしかし、捨《す》て鉢《ばち》になってはだめだ。

「ネイト君、決まった？」

「……も、もうちょっと考えさせてください。あと三十秒だけ」

手元の盤面から目を離さぬまま、ミオに向かって首を振る。

やはりまずは〈王〉の生存《せいぞん》を優先《ゆうせん》。それにはまず15のFに〈王〉を逃がすことだ。が、既に12のFには相手の〈弓兵〉が詰《つ》めている。ならば次善策《じぜんさく》は14のDに〈王〉を移動《いどう》させること。しかし、そこにもやはり敵の駒。敵駒自体はいたって普通の〈歩兵〉。自分の手番である今、〈王〉で攻め込めば奪《うば》える駒だ。

──ただ一つの危惧《きぐ》は……これが〈歩兵〉の仮面《かめん》を被《かぶ》った〈道化〉である場合。

い、い、いや、わざと駒を奪わせるようなこの配置。あまりに怪しい。

「……まさか」

「ん？　ネイト君どうしたの？」

頭に疑問符《ぎもんふ》を浮《う》かべるミオ。ただし、その表情はにやにやと笑《え》みの形だったりする。もうここからして怪しすぎる。奪いにきてくれと言っているようなものだ。

……だけどだめだ。もう時間がない。賭《か》けに出るしかないのか。

「じゃあ、〈王〉を14のDに逃がします」

「そこ、あたしの〈歩兵〉がいるんだけど。〈歩兵〉を奪うということでいいのかな」

無言で頷《うなず》き、自駒を相手の駒の上に重ねる。

「ではでは、どうぞご覧《らん》あれ」

言われるままミオの〈歩兵〉をつまみあげ、その裏《うら》を見る。

駒の裏面《うらめん》に、奇妙な笑みを浮かべたピエロのシール。

「ああああっ、やっぱり道化《トラップ》だったぁぁ！」

「はい、ネイト君の負けー」

ゲームの成績帳《せいせきちょう》らしきものに結果を書きつつ、ミオがけらけらと笑う。

「ま、初めてにしては上出来上出来。精進《しょうじん》しなさい少年。長きにわたる修練《しゅうれん》を修《おさ》めれば、いつか日の目を見ることもできるであろう」

「……ミオさん、人格変わってます。

「僕、頭使うゲームは苦手なんです」

駒を片付《かたづ》ける片手間に頭を掻《か》く。

列車での移動《いどう》時間は三時間ほど。その間、クラス内で盤ゲームのトーナメント戦をしようという話になったのだ。ネイトはこのゲーム自体初めてだったのだが、全員参加ということで半ば強制的《きょうせい》に参加させられた。おまけに運悪く、一回戦目の相手が優勝候補《ゆうしょうこうほ》のミオだった。

「それに、ミオさん強すぎですよ」

「このゲーム、カイ様もやってるらしいからね。いつかお相手したいなって時々練習してたんだよ。ちなみに今の戦い方も、あの人と同じスタイルなんだ」

虹色名詠士《カインツ》さんが？

「前にどっかの雑誌《ざっし》のインタビューに載《の》ってたよ。『最初は先輩《せんぱい》に無理やり誘《さそ》われたんだけど、やっていくうちにはまりました』って」

「先輩？」

最高の名詠士とも名高い虹色名詠士《カインツ》。ある意味、彼のそのイメージからほど遠い単語だ。

先輩って、まさか母さんのこと？　いやでも多分、カインツさんと母さんは同級生のはずだし。となると、他にそれらしき人は思いつかない。

「気になるよね。詳《くわ》しく言ってなかったから尚更《なおさら》。母校の先輩か何かだと思うけど。カイ様が『先輩』って呼《よ》ぶなんて、その人も何かすごい名詠士《めいえいし》なのかな」

「まさか。ただの頑固《がんこ》親父《おやじ》よ」

やおら、日焼けした少女が一つ前の座席《ざせき》からひょいっと首を出してきた。

「エイダさん？」

「ん、エイダ何か情報《じょうほう》持ってるの？」

対し、苦笑気味にパタパタと手を振る彼女。

「ああ、気にしないで、あたしの独《ひと》り言」

『……はあ、そうですか』

ぼんやり口を揃《そろ》えるネイトとミオ。

「それよりミオ、二回戦の相手あたしだから。よろしく」

「あらエイダ、一回戦勝ったんだ？」

驚《おどろ》きの声を上げるミオ。

「ふふふ、せいぜい油断《ゆだん》しないことね。何気にあたしこのゲームやりこんでるんだから」

「ほう。それは楽しみだね」

何やら怪《あや》しげに目を光らせる二人。それを後目《しりめ》に、ネイトは席から立ち上がった。

「オーマさん、僕ちょっと列車の中見て回ってきたいんですけど」

「ああ、列車の一部は他の学校もいるらしいから、迷《まよ》わないようにな」

ゲームの盤から目を離さず、クラス委員は気楽に手だけ振ってきた。


先頭車両、プライベートルームとして設《もう》けられた個室《こしつ》で——

「……研究所の偵察《ていさつ》、気をつけてくださいね」

ぽつりと、若葉《わかば》色のスーツを着た女性教師《じょせいきょうし》が思い出したように顔を持ち上げる。その様子を、椅子《いす》に腰掛《こしか》けたままゼッセルは視界の端《はし》で眺《なが》めていた。

ケイト教師、いや教師補《ほ》か。専任は青色名詠。配属されてまだ日が浅いものの、一年生の担任《たんにん》としてよくやっているという話を職員室《しょくいんしつ》でしばしば耳にする。

「うん。でも、そこまで大変な仕事ではないと思うの。単に研究所側と意思疎通《いしそつう》できればそれで済《す》む話だもの」

部屋の隅《すみ》に置かれた観葉植物に触《ふ》れながら、エンネ。

——はい嘘《ダウト》。

声に出すことなく、ゼッセルは心中呟《つぶや》いた。幼馴染《エンネ》みの癖《くせ》だ。何か不安を抱《かか》え込《こ》む時、必ず近くの植物に触れたがる。

凶悪《きょうあく》な触媒《カタリスト》を造《つく》りだした研究所。そして今、音信が途絶《とだ》えている。単なる設備《せつび》の異常《いじょう》か、あるいは何かしら危険《きけん》を伴《ともな》うものだとしてもおかしくない。事実、他ならぬ学園長から昨夜、用心しろと耳打ちされたばかりだ。

「ま、俺《おれ》とエンネはぼちぼちやるさ」

……しかし気になるな。

情報収集を担当しているミラーから受け取った資料《レポート》は総計《そうけい》三十枚《まい》。職員の過去《かこ》五年分の経歴《けいれき》、研究所の資本金出資元、経営《けいえい》実績まで。しかしそのどこにも、〈孵石《エッグ》〉を製造した研究者の名前がないのだ。最重要とも言うべき情報が。

「ミラーさんが載《の》せ忘《わす》れたというのは？」

「あまりそっちには期待しない方がいいな。こういう報告事例に関して、あの完璧主義者《かんぺきしゅぎしゃ》がそんな必須事項を落とすことは考えにくい」

——つまり、現時点においてトレミア・アカデミーの情報部、そしてケルベルク研究所の本部ですら、その支部《しぶ》における〈孵石《エッグ》〉の製造責任者《せきにんしゃ》を突《つ》き止めていないことになる。

「結局のところ、それなりに用じ……」

言葉半ばでゼッセルは口をつぐんだ。通路に響《ひび》く足音。テンポが速い、走っているのだろう。それが徐々《じょじょ》にこちらへと近づいてきている。

「ケイト先生！」

扉《とびら》をノックする音に、名を呼ばれた女性教師が席から立ち上がる。

「オーマ？　どうしたの」

「別車両に乗っていた他校の生徒と、うちのクラスが小競《こぜ》り合いに。止める間もなくうちの女子が——」

「なんですって！」

表情を強張《こわば》らせ、ケイトが急いで扉を開ける。目の前に息を荒《あら》らげる男子生徒。

「女子……まさか誰か怪我《けが》でも」

が。予想に反し、息こそ荒らいでいたものの彼の様子は落ち着いたものだった。緊張《きんちょう》というより、その表情はどこか疲《つか》れたかのような。

「あの、いえ……エイダとかサージェスとか含《ふく》め、うちの猛者《もさ》が先陣《せんじん》を切っていったので」

「あー、ユン家の娘《むすめ》さんか。他校の生徒も災難《さいなん》だな」

苦笑《くしょう》を隠《かく》す気にもなれぬままゼッセルは立ち上がった。

エイダ・ユン。特殊《とくしゅ》な生い立ちゆえ、トレミア・アカデミーに彼女を知らぬ教師はおるまい。ある意味それは、あの夜色の名詠を学ぶ少年よりも特異なものだ。

武家《ぶけ》貴族《きぞく》として大陸中に名高いユン家、その一人娘。本来『祓名民《ジルシェ》』の第一人者として脚光《きゃっこう》を浴びるはずが、なぜか名詠の学校に入学してきた少女。当時は教師内でも話題になった。あの学園長が直接《ちょくせつ》本人に意向聴取《ちょうしゅ》をしたほどだ。

「オーマ、争い自体は終わったの？」

「えっと、ひとまずウチの女子は全員無傷《むきず》です。……今は自分たちの席で、勝利の美酒《ジュース》で乾杯《かんぱい》してるくらいですから。ただあっちの学校は何人か犠牲者《ぎせいしゃ》が出たみたいで」

ああ、早くも問題事……苦悶《くもん》の表情でケイトが目頭を押《お》さえる。彼女の肩《かた》を叩《たた》き、ゼッセルは彼女の代わりに通路へ出た。

「彼女の親父《クラウス》さんとは一応面識《いちおうめんしき》あるし、俺が行くよ。頭使うよりこういうのが楽でいい」

「あなたまで喧嘩《けんか》しないようにね」

本気か冗談《じょうだん》なのか。どちらともつかぬ口調で幼馴染《おさななじ》みが釘《くぎ》を刺《さ》してくる。……はいはい、分かってますよ。

「相手の態度《たいど》次第《しだい》ではちょい難航《なんこう》するかもな。そっちは俺の分の資料《しりょう》読んでおいてくれ。俺が千文字以上の文読むと眠《ねむ》くなるの知ってるだろ」

さすがに付き合いが長い。そう応《こた》えてくるエンネの前、彼女の物に加えいつの間にか自分の分の資料が積まれていた。

――喧嘩の仲裁《ちゅうさい》か。研究所の方もそれくらい単純《たんじゅん》な話だと楽なんだけどな。

呟きかけた言葉を胸の内に押し戻し、ゼッセルは列車の後部車両へと足を進めることにした。

‖

列車の最後尾《さいこうび》は、テラスを思わせる設計《せっけい》の、吹《ふ》き抜《ぬ》けの空間だった。夏の陽射《ひざ》しが照りつける中で、突風《とっぷう》に制服《せいふく》が煽《あお》られるのはむしろ心地《ここち》よく感じる。

「みんなで旅行かぁ」

転落防止《ぼうし》用の柵《さく》に掴《つか》まり、ネイトは流れゆく景色を何の気なく眺《なが》めた。

……でも、アーマはいないんだ。

賑《にぎ》やかだった車両内と一転、耳元で唸《うな》る風鳴りと車輪がレールを軋《きし》ませる音しか聞こえてこない。

暑い気温の中、制服が風でなびくのは心地よい。でもその風鳴りも、どこか寂《さび》しい音色に聞こえてしまう。旅行という楽しいはずの騒《さわ》がしさに、けれど、自分にとって最も身近だった相手がいないから。

「──ねえアーマ。僕、列車って初めて乗ったよ」

テラスを過《す》ぎる突風に掻《か》き消されてしまうほどの、小さな独《ひと》り言。どこからも返事はない。返事が来るはずもない。それでも普《ふ》段《だん》の癖《くせ》で、自分の肩先に話しかけてしまう。

「すごく速くてすごく頑丈《がんじょう》そうで……でもね、逆《ぎゃく》にそれが少しだけ」

「少しだけ、怖《こわ》い？」

……今の、僕じゃない。

声は自分のすぐ近く。振り返るまでもなかった。その声が、とても自分と親しい人のものだったから。

「──クルーエルさん」

「わたしも抜《ぬ》け出してきちゃった」

緋《ひ》色の髪《かみ》を風になびかせる少女。こちらが相づちを打つより先、彼女は自分の横に立ち並《なら》んできた。

「クルーエルさん、朝大変そうでしたね」

「いつものことよ」

少女が呆《あき》れ混《ま》じりの苦笑《くしょう》をこぼす。そしてそのまま、数秒の静寂《せいじゃく》を挟《はさ》み——

「すこし安心したよ」

移《うつ》り変わる風景を見つめたまま、隣《となり》の彼女はそっと頷《うなず》いてきた。

「え？」

「夏休みの間ちょくちょくキミと一緒《いっしょ》にいたけど、時々キミが辛《つら》そうな表情《かお》してたからね。何がそんなに辛いのかなって……大体予想ついてたけど、確証《かくしょう》はなかったから」

その自覚はなかった。自分はただ、アーマや母さんに会いたくて名詠を頑張《がんば》りたい、そう思って練習しているつもりだった。——少なくとも、自分ではそう信じていた。

「ぼく、そんな表情《かお》してましたか」

「今わたしが声かける前もそんなだったよ」

口元は優《やさ》しく微笑《ほほえ》んでいるのに、彼女の瞳《ひとみ》はどこか悲しげな色を灯《とも》したまま。

「でもその理由が分かった。だから安心したの。『早くアーマに会いたい』、どうやら悩《なや》みの方向は前向きみたいだからね」

その言葉の裏《うら》に潜《ひそ》む想《おも》いに触《ふ》れ、ネイトはまぶたを伏《ふ》せた。

……そっか。僕はこの人に、こんなにも心配をかけちゃってたんだ。

「——ごめんなさい」

「寂《さび》しい気持ちは分かるから謝《あやま》らなくていいよ。でもね」

ふわりと、彼女が視線《しせん》をこちらに向けてきた。

いつもと同じ。夏休みに一緒にいてくれた時と同じ。母のそれにも似《に》た安らかな表情。

「ミオもわたしもケイト先生も、みんなキミの近くにいるんだから。もっと頼《たよ》ってもらってもいいって気持ちはあるかな」

じゃあ、もしかして、クルーエルさんが夏休みも一緒にいてくれたのは。

「——風、気持ちいいね」

こちらの思いに気づかぬように、いや、あるいは気づいたからこそかもしれない。

仰《あお》ぐように、目の前の彼女は頭上の雲へと瞳を向けた。

「せっかくの旅行なんだから楽しまないと、ね？」

3

風が……湿《しめ》ってる？

列車を出てふと感じた違和《いわ》感に、無意識《むいしき》のうちにネイトは足を止めていた。

駅舎《えきしゃ》を出てすぐ、濡《ぬ》れた空気が顔に触れる。不思議な匂《にお》いのする風。どこか懐《なつ》かしい。

それはきっと、海辺が近いからなのだろう。

——そう言えば、船に乗った時もこんな感じがしたっけ。

一度だけ、母に連れられて乗ったことがある。あの時は船酔《ふなよ》いでろくに海も見られなかったけれど、この匂いは確かに覚えていた。

「おーい、ちび君、早くこないとはぐれちゃうぞー」

離れた位置からかかる声に、反射《はんしゃ》的に姿勢《しせい》を正す。ぼんやり足を止めていた間に、クラスの集団《しゅうだん》から離されてしまった。

「あ、はい！」

一抱《ひとかか》えはある荷物を背負《せお》い、クラスメイトの後を追う。

「あれ。エイダさん、それ」

左手に荷物を抱える彼女は、右手にも細長い物を携《たずさ》えていた。黒布《くろぬの》に巻《ま》かれた、彼女の身長を上回る大きさの。

「ん？　ああこれか。昔の癖でさ、これ持ち歩かないと落ち着かないのよ」

やっぱり鎗《やり》か。けど、いくら何でも刃物《はもの》には違《ちが》いないだろう。そもそも、どうしてこんな大きな物の携帯《けいたい》をケイト教師が許可《きょか》したのか不思議なくらいだ。

「……学校の先生たちは、あたしのこと知ってるから」

何を。そう訊《たず》ねるより先、彼女の方がさっと歩調を速めた。

「ま、色々とね」

口早に呟《つぶや》き、それきり彼女が押《お》し黙《だま》る。物言わぬ少女、だから、ネイトもそれ以上は訊けなかった。

お願い、触れないで——彼女の小さな背中が、そう言っているように思えたから。


赤茶けた正門から見上げる、鼠《ねずみ》色の巨大《きょだい》な校舎が陽《ひ》に映《は》える。

トレミア・アカデミー分校。芝生《しばふ》で覆《おお》われた本校の敷地《しきち》と異《こと》なり、ここは目の細かい砂《すな》を敷き詰《つ》めた路面になっていた。

「はい、じゃあここで一度解散《かいさん》」

クラスを先導《せんどう》する担任《たんにん》教師が校舎のロビーで振《ふ》り返る。

「うちのクラスの部屋は男子が三階東の第一室と第二室。女子が西の第三と第四ね。荷物を置いて、三十分後に中央ホールに集合すること」

本校と異《こと》なり建物は一棟《とう》。だがその大きさは本校一年生校舎のおよそ二倍。一階がロビー、二階が教室。三階が宿泊《しゅくはく》用の施設《しせつ》になっているらしい。

「んじゃ、うちらは東だからこっちだな」

ルームキーを握《にぎ》りしめ、オーマが右階段へと進んでいく。

「廊下《ろうか》とか、トレミア・アカデミーのものと同じですね」

「なんたって分校だからな。っと、第三……第二……ここか」

宿泊部屋の扉《とびら》を開ける。さっと目を焼くまぶしい陽に思わずネイトはまぶたを閉じた。

「おー、これすごいな」

部屋に入るやいなや男子生徒が声を上げる。その視線の先は窓《まど》。

ガラスを通した視界の先——三階から見下ろす風景が青一色に染《そ》まっていたからだ。

彼方《かなた》に渡る水平線。このまま世界の果てまで続いているのではと錯覚《さっかく》させるほど広大な、透《す》き通った紺碧《こんぺき》の海。その手元、一直線に広がる白砂《はくさ》の浜辺《はまべ》。

……波の音は聞こえてたけど、こんな近くだったんだ。

「めちゃくちゃ海日和《びより》だな。こりゃ初日くらい遊びに行くか」

荷物を部屋の端《はし》に置き、クラス委員のはずの男子生徒が両手を広げる。

「ええっ、今から授業《じゅぎょう》じゃないですか」

「ん、ああ、冗談《じょうだん》だよ冗談」

おどけた様子で、当人は荷物の中から勉強道具を取りだしてみせた。

「いやでも、女子だってきっとそんな感じだぜ。先生だけだよ講義《こうぎ》したがるの」

「そうなんですか？」

クルーエルさんにミオさん、女子の方はみんな真面目《まじめ》に講義を受けると思うんだけどな。

「うわっ、めちゃくちゃいい天気。最高の海日和じゃん！　てかビーチほとんど人いないし、これまさかトレミアのプライベートビーチってやつ？」

登山用のリュックを放《ほう》りだし、サージェスが窓枠《まどわく》へと駆《か》けていく。

「すっごーい。これはあれだね、泳げって言ってるようなもんでしょ」

上の制服《せいふく》を脱《ぬ》ぎだすエイダ。タートルネックのインナーではなく、なんと彼女は制服の下にすぐ水着を着用していたらしい。

ゴーグル片手《かたて》に走りだそうとする二人。

「はいはい、二人とも待ちなさい」

あわやというところで、クルーエルはその首筋《くびすじ》を摑《つか》まえた。

「ダメに決まってるでしょ。ていうかそんなことされたら、クラス委員のわたしが怒《おこ》られること分かってます？　それとも、分かってやってた？」

「え、ああ、冗談冗談。……クルーエル目が怖《こわ》すぎ」

「ねー。優良《ゆうりよう》真面目なわたしたちが、そんなことするわけないでしょ」

向き合い、互《たが》いに口を合わせる二人。

……まったくもう。服の下に水着を着ておきながら、冗談も何もないだろうに。

「あなたたちの場合は冗談に聞こえないから怖《こわ》いのよ」

「クルル、クラス委員て大変だねえ」

勉強道具を取りだしながらけらけらと笑うミオ。

「……クラス委員に推薦《すいせん》してくれたのはどなたでしたっけ」

「えへ、あたしあたし」

まったく、天然なのか図太いだけなのか。罪悪《ざいあく》感の欠片《かけら》もない笑顔で断言《だんげん》してくるから困《こま》ったものだ。まあ、あえて確《たし》かめたいとも思わないけれど。

「でも先生だってきっとそうじゃない？　こんな暑い日に講義なんかやってらんないって」

水着の上、再《ふたた》び制服を羽織《はお》りつつエイダがぼやく。

……そう思ってても、そんなこと堂々と口にする先生いるわけないでしょ。

「おおっ、こんな近くにこんな綺麗《きれい》な海辺あったのか」

荷物を抱えたまま、ゼッセルは部屋の窓を勢《いきお》いよくこじ開けた。

「ほとんど人いないのか！　こりゃ生徒には自習させておいて海で遊──」

「ゼッセル。生徒が教室で待ってるわよ」

部屋の扉。いつの間にやら、振り返ったそこには教本を脇《わき》に携えた同僚《どうりょう》の姿《すがた》。

「……や、やあエンネさん。いらっしゃったんですか」

「今の、学園長に報告《ほうこく》していい？」

にこりと、いつになく清々《すがすが》しい笑顔で微笑《ほほえ》む女性教師。茹《ゆ》だる暑さのはずが、背筋が一気に冷たくなった。

「い、嫌《いや》だなぁ、冗談ですよ冗談」

「それならさっさと講義室に行くわよ」

「……はい」

渋々《しぶしぶ》、講義用の教材を取り出す。

「生徒が真面目に勉強する中、わたしたちが怠《なま》けるわけにもいかないものね」

──生徒だって遊びたいに決まってるだろ。

ぼやきを内心に留め、ゼッセルは先導するケイトの背《せ》を追った。

今、思えば。

やはりあの時くらい、多少羽目を外しても良かったのではないか。そう思う。

少なくとも俺とエンネにとってあの一日が——合宿の初日が最初で最後の、そんな馬鹿《ばか》騒《さわ》ぎができるであろう唯一《ゆいいつ》の時間だったのだから。

三奏『逃《に》げたくて　でも、なぜか　捨《す》てられなくて』

1

送風機の音、時計の秒針《びょうしん》が時を刻《きざ》む音、そして——生徒が鉛筆《えんぴつ》を走らせる音。

無言で机上《きじょう》の用紙とにらみ合う生徒たち。

大教室に並《なら》ぶ七十人強の受講生。だがその中で、実際《じっさい》に筆を走らせている生徒は一割《わり》といったところか。

……やっぱり、一年生にはまだ難《むずか》しかったかしら。

教壇《きょうだん》の上、一通り生徒の様子を眺《なが》め終え、エンネは胸元《むなもと》で腕《うで》を組んだ。

トレミア・アカデミーへの入学時点で、生徒は自分の専攻色《せんこうしょく》を決めている。この教室に集まっている生徒は、自分の教える『*Arzus*《白》』を専攻とする者たちだ。ハイスクールに入りたてとはいえ、専攻色の知識《ちしき》は多少なりとも持っているはず。それを踏《ふ》まえた上で——『*Arzus*《白》』の第二音階名詠《ノーブルアリア》において詠《よ》び出せる小型精命を列挙し、他色に属《ぞく》する小型精命と比較《ひかく》考察した上で、その共通点及《およ》び相違点《そうい》を述《の》べなさい。

エンネの用意した課題がこれだ。

だがどうやら、他色の小型精命と比較しろという点が鬼門《きもん》だったらしい。自分の専攻色に属する小型精命、たとえば有翼馬《ペガサス》について書けても、『*Surisuz*《黄》』の小型精命であるウィル・オ・ウィスプの特徴《とくちょう》まで覚えている生徒は僅《わず》かだった。

……一年生だもの、仕方ないか。

午前の講義終了《しゅうりょう》の予備鈴《よびれい》に、小さく吐息《といき》。

「みんなごめんね、他の色の事を書けっていうのはちょっと意地悪だったわ。それは抜きで、『*Arzus*《白》』の部分さえ書いてあればいいから。書けた人から提出《ていしゅつ》して、お昼ご飯にしてください」

案の定、今まで唸《うな》っていた生徒が途端《とたん》に安堵《あんど》の表情《ひょうじょう》に。

「ですよね、先生これ意地悪すぎですよ」

「もー、それだけなら一時間前に書き終わってましたよ」

雑談《ざつだん》混《ま》じりに試験用紙を提出する生徒たち。教壇に並ぶ列が終わった頃《ころ》には、教壇に用紙の山。あっという間に教室から生徒の影《かげ》が消えてしまった。

これで全員かしら。

乱雑《らんざつ》に重なった紙束《かみたば》を整え、再び教室内を見回した。

「あら」

教室の最後列、その隅《すみ》。人目につかない席に一人だけ生徒の姿《すがた》が。

「どうしたの？　もう無理しないでいいから」

「んー、でもあと一色書けてないんです。他四つは何とか書いたんだけど」

用紙に視線《しせん》を落としたまま生徒が呟《つぶや》く。

「『*Arzus*《白》』だけで良いのに、すごいじゃない。それだけ書ければもう提出して十分よ」

「……えっと、それがねセンセ」

ようやく生徒が顔を持ち上げた。日焼けしたボーイッシュな顔立ちで、すっとこちらを見つめてくる。

「『*Arzus*《白》』以外の色は書けたんだよ。でもさ、肝心《かんじん》の『*Arzus*《白》』が書けてないんだ」

――エイダ・ユン。

『*Arzus*《白》』以外の色を全部書いた？　それはどういうこと。

「ちょっと見せてもらっていいかしら」

机上の用紙を手に取る。

……なにこれ。

手にした姿勢《しせい》のまま、その用紙に記述《きじゅつ》された内容《ないよう》を凝視《ぎょうし》した。

黄の小型精命《ウィル・オ・ウィスプ》――その外見は黄色い球形の浮遊体《ふゆうたい》。人語は話さないものの、ある程度《ていど》単《たん》純《じゅん》な命令ならば解《かい》するとされている。

大きさは、統計《とうけい》上九十五パーセントの割合で直径七十センチから百センチの範囲《はんい》。最大百十三センチというのが公式に報告《ほうこく》されている。地上六十センチから八十センチの間を浮遊し、その移動《いどう》速度は時速三キロと遅い。術者の力量によっても異《こと》なるが、その存在《そんざい》時間はおおよそ五時間。力を消費すればその分、滞在《たいざい》時間は削《けず》られていく。

臨戦態勢《りんせんたいせい》になると青白く発光し、注意が必要となる。高圧《こうあつ》電流を帯びた青い触手《しょくしゅ》を伸《の》ばし相手を感電させる。触手を伸ばす速度は移動速度の十倍。触手の長さは全固体で一律《いちりつ》となっており、最大百六十七・三センチ。触手の本数は最大三本、その太さは一センチ弱。上空及び横方向への攻撃《こうげき》は可能《かのう》だが、自分の真下に触手を伸ばすことは不可能。

特筆すべき点は特になし。

討伐難易度《とうばつなんいど》、易。

名詠士《めいえいし》にとって肝心な触媒《カタリスト》・〈讃来歌《オラトリオ》〉については一切《いっさい》触《ふ》れていない。それと対照的、その生態については異様に細かい記述。名詠の際《さい》に必要な知識ではなく、どちらかと言えばこれは——むしろ、この黄の小型精命《ウィル・オ・ウィスプ》と対峙《たいじ》した時に必要となるデータ？

「討伐難易度……、易？」

「あっ！」

自分の呟いた一言に、少女の方が表情をしかめる。

「書いちゃってましたか。つい昔の癖《くせ》で」

「う、ううん。別に書いて悪い事じゃないから」

試験用紙をめくる。他の名詠色における名詠生物。これらについても全《すべ》て、詳細《しょうさい》な記述があった。それも触媒《カタリスト》や〈讃来歌《オラトリオ》〉には触れず、ただ圧倒《あっとう》的に綿密《めんみつ》な生態データの列挙。

『Arzus《白》』については書く時間がなかったのだろうか。

——いえ、違う。彼女は本当に書けなかったんだ。

エイダ・ユン・ジルシュヴェッサー。試験用紙に書かれた名を見て、エンネはようやくその理由に行き着いた。

赤の小型精命《サラマンデス》、緑の小型精命《エアリアル》。

「ここに書かれてあるの、全部攻撃的な名詠生物ね」

少女からの返事はない。その沈黙《ちんもく》が、何より自分の推測《すいそく》を正しい物と感じさせる。

そう。『*Arzus*《白》』の第二音階における有翼馬《ペガサス》や一角馬《ユニコーン》は攻撃的な習性《しゅうせい》を持っていない。だからこそ、彼女はそれについて習っていなかったんだ。

やはりそうだ。この少女が持つ名詠生物についての知識は全て、その名詠生物と戦うための知識。

「『*Arzus*《白》』、書かなくちゃだめですか」

困った表情で頬《ほお》をかく生徒。

「そうね。せっかくここまで書いたのだから『……以上のことと比較し、『*Arzus*《白》』の小型精命の特徴《とくちょう》は、攻撃的な性格《せいかく》の名詠生物が少ないことだ』とでも書いてちょうだい。それで提出してもらえばいいわ」

「あ、そっか！　その手があったかぁ！」

威勢《いせい》良く頷《うなず》き、少女が試験用紙にかじりつく。

——あれ、瞬《まばた》きしていない？

ふと気づいたが、実際に筆を走らせている時の彼女の集中力は中々に大したものだった。普段《ふだん》の授業《じゅぎょう》では割とよそ見しがちな、あまり熱意の見られない生徒だと思っていたのに。

「はいセンセ、できたよ！　やれやれぇ、やっと終わったぁ」

いそいそと机《つくえ》の上を片付《かたづ》ける生徒。彼女が鞄を肩《かた》にかけるのを待って、エンネはその背《せ》中《なか》に声をかけた。

「ねえエイダさん」

「ん？」

「個人《こじん》的な話になっちゃうのだけど、あなたのお父さんはあのクラウスさんよね？」

　明るい表情が一転、少女の双眸《そうぼう》に影《かげ》が差《さ》す。

「……まあ一応、あの有名人があたしの親父《おやじ》っぽいですよ」

　クラウス・ユン・ジルシュヴェッサー。武家貴族《ぶけきぞく》たるユン家の家長にして、数百を数えるであろう祓名民《ジルシェ》の首領たる人物。

　祓名民《ジルシェ》——名詠士《めいえいし》と最も密接《みっせつ》な関係を持ち、同時に最も対極的な者たちだ。

『*Nussis*』、反唱とも呼ばれる、名詠物を送り還《かえ》す術式《じゅつしき》。触媒《カタリスト》を持ち相手に直接触れるというスタイルをとるが、あの競演会《コンクール》での事件《じけん》、自分を助けるため反唱を用いたカインツが左腕を犠牲《ぎせい》にしたように、その技法は常《つね》に危険《きけん》を伴《ともな》う。

「あなたもやっぱり祓戈《ジル》を持ってるの？」

　この問いに関しては、この少女はそれほど迷《まよ》った様子もなく頷いてきた。

「あれは、祓名民《ジルシェ》の家に生まれた人間なら必ず持ってますよ」

　素手《すで》で相手に触れるという、危険を伴う反名詠。それゆえ、素手の代わりに鎗《やり》を使って反唱を行う技法が編《あ》み出された。

鎗の先端《せんたん》に五色の宝石《ほうせき》を付設し、名詠対象をその鎗で突《つ》いた際《さい》に『*Nussis*』の術式を用いて送り還す。その特殊《とくしゅ》加工を施《ほどこ》した鎗を『祓戈《ジル》』、そしてその技法に特化した者が『祓《ジ》名民《ルシエ》』と呼《よ》ばれるのだ。

「ユン家のあなたは、祓名民《ジルシエ》の道に進もうとは思わなかったんだ？」

「……どうだろう」

あやふやに言葉を濁《にご》す少女。その表情を見るに、あまりそれに関心を持っているという印象は抱かない。

現在、祓名民《ジルシエ》は本家であるユン家の他、いくつかの分家に分かれており、その家に生まれた子供《こども》は代々祓名民《ジルシエ》となるのが伝統《でんとう》だ。中でも本家たるユンは先人の活躍《かつやく》もあり、代々要人の護衛《ごえい》につくことが伝統となっている。今では武家貴族として確固たる地位を得るに至《いた》るほどだ。

エイダ・ユン。もしそれを望むなら、クラウスの後継《こうけい》という偉大《いだい》な地位も望めるというのに。

——いえ、祓名民《ジルシエ》としての訓練を受けていたのは間違いないはずよ。

それは、この模擬《もぎ》試験の結果が如実《にょじつ》に示《しめ》している。これらの知識《ちしき》はおそらく、決して書物から学んだものではない。知識の全《すべ》てが、彼女が実践《じっせん》で身を以《もっ》て、それこそ脳《のう》ではなく骨《ほね》の髄《ずい》に刻《きざ》み込《こ》んだもの。

「……まあ、あたしの方は生憎《あいにく》、そっちの才能なかったみたいですから」

「才能？」

「そそ。練習っていうか訓練ていうか、あたしそういうの割《わり》とすぐ逃《に》げちゃうんで」

頭の後ろで手を組み、自嘲《じちょう》じみた表情でエイダが笑う。

「……でも」

言い終えるその前に。

「ねね、センセ、あたしも一ついいかな」

なにかしら。視線で先を促《うなが》す。

「エンネ先生って最上級生の担任《たんにん》だよね。なんで一年生《うちら》の臨海学校《りんかい》に来てくれたの」

「一年生の担当の方が体調崩《くず》されたの。それでわたしが急遽《きゅうきょ》参加することになったのよ」

それはある程度、最初から想定されていた生徒からの質問《しつもん》の一つだ。淀《よど》みなく、こちらも用意していた答えを返す。そう、返したつもりだった。

「あ、それ嘘《うそ》」

途端《とたん》、少女の視線が鋭《するど》くなった。

「え？」

「それだとさ、ゼッセル先生も一緒《いっしょ》について来た理由にならないもん。急遽って言われても、それじゃ納得《なっとく》いかないよ。そもそも、一年生の担当で今回の臨海学校に来てない先生は確かに一人いるけど、その先生は前から旅行行くって嬉《うれ》しそうに話してたしね。体調崩したからって理由も噛《か》み合わないよ」

あまりに整然とした言いように、言葉に窮《きゅう》した。ゼッセルとの打ち合わせの際、確かにそれは自分も気に掛けていた。けれど、そもそもそんな突っ込んだ追及《ついきゅう》をしてくる生徒はいないだろう。心のどこかでは、そう高をくくっていた。

――だけどまさか、それを突《つ》いてくるのがよりによってこの子だなんて。

普段《ふだん》この少女はどちらかといえば、遅刻《ちこく》が多く成績《せいせき》も芳《かんば》しくない問題児と聞いていた。それがこんな些細《ささい》な疑問《ぎもん》まで注意を払《はら》っているなんて。担任のケイト教師からもそんな情報はなかった。

……どうする、ここから俄仕込《にわかじこ》みで嘘を重ねるか。あるいは単に言葉を濁《にご》すか。

「ええと、それは」

言いかけた時、午前の講義終了《こうぎしゅうりょう》を報《しら》せる鐘《かね》が鳴り響《ひび》いた。

「お。やっと昼ご飯か！」

緊迫《きんぱく》な空気から一転、自分に背《せ》を向け、何事もなかったかのようにエイダが教室の出口へと走りだす。

「え、ちょ、ちょっと。エイダさん？」

「ごめんね先生、午後はクラスのみんなで海行く予定なの！」

無邪気《むじゃき》な笑顔で言い残し、少女はあっという間に消えてしまった。

「ま、待って！」

それを追いかけようとした瞬間《しゅんかん》――

窓《まど》の外の世界が、真紅《しんく》に燃《も》え上がった。

「……えっ？」

二階にあるこの大教室。その窓からも全容《ぜんよう》が見通せないほど、異様《いよう》な猛火《もうか》が眼前《がんぜん》に在《あ》った。それも、気味が悪くなるほどに色が濃い。真っ赤という言葉を超《こ》えた緋色《ひいろ》。炎《ほのお》というより、さながらそれは、人の鮮血《せんけつ》を思わせる。

――一体、何が起きたっていうの。

天上すら焦《こ》がすように、どこまでも果てなく燃《も》え立つ緋色の炎。あまりの眩《まぶ》しさに目を開けていられない。窓の外、位置的には校庭近くの広場だったはず。この時間はたしか、ゼッセルがそこで名詠の実技指導《じつぎしどう》をする予定になっていた。

ならばこれはゼッセルの？　いえ、こんな化け物じみた炎、果たして彼が全力でやったって詠《よ》べるかどうか。そもそも、実技指導で彼がここまでする理由がない。

眩しいながらもその炎を睨《にら》みつけ、その途端——唐突《とうとつ》に、その眩しさが消え去った。

「炎が、消えた……？」

矢継《やつ》ぎ早《ばや》に起こった一連の出来事に、エンネは無意識的に息を呑《の》んだ。

既《すで》に先の静けさを取り戻《もど》している外の世界。見れば、教室に入り込んでいた火の粉も消えている。

さっと窓の傍《そば》にかけよる。しかし、窓から見下ろした広場にそれらしき人影《ひとかげ》はない。

生徒もゼッセルも見あたらない。つまり、既に彼の講義は終わってたということになる。

ならばやはり、あれはゼッセルの名詠ではなかったのだ。一体誰《だれ》が——

「エンネ、いるか？」

やや大きく、教室の扉《とびら》がノックされた。

「ゼッセル！」

がらりと音を立てて開く扉。入ってきたのは、珍《めずら》しく整った服装《ふくそう》の同僚《どうりょう》だった。

「ゼッセル、広場で上がった炎見た？」

「そりゃ、あれだけ派手《はで》なら嫌《いや》でもな」

のほほんと、陽気な口調で頷く彼。動じた様子がない、つまり。

「もしかして、あの炎を名詠したのが誰か分かってる？」

「ああ。さっき広場で講義してて、一人だけ毛色が違《ちが》うのがいたんで気になってた。そしたらそれが、講義が終わって他の生徒が校舎《こうしゃ》に戻っても、その一人だけが戻らないときた。んで、ついつい物陰《ものかげ》から様子を見てたら案の定、ってとこだ」

まさか、さっきの炎は生徒が名詠したというの。まだハイスクール一年目の生徒が？

「その生徒、誰」

最上級生を教えるエンネだが、名詠に秀《ひい》でた生徒は他学年の者でも覚えるようにしている。一年生でも、数名は目をつけている生徒がいた。

ところが――

「いや、言っても分からんと思う」

やおら、彼は考え込むように頭上を見上げた。

「どうしてそう言い切れるの」

「……ノーマークだったからさ」

試《ため》すような口ぶりで呟《つぶや》き、彼が肩《かた》をすくめてみせる。

「エンネ、競演会《コンクール》で真っ赤な羽根をやたら沢山《たくさん》詠び出した生徒って覚えてるか？」

真っ赤な羽根？　名詠式において、羽根を詠び出すのはさほど難しい部類ではない。競《コン》演会《クール》においても、羽根ではなく無数の鳥を名詠した生徒の方が注目を浴びていた。自分も鳥を名詠した生徒の顔は覚えているが、羽根となると。

「……すぐには出てこないわね」

「無理ない。俺も、ついさっきそれを思い出したくらいだしな」

競演会《コンクール》の発表時点では他の生徒と変わらない。しかしこの合宿の時点では既に、ゼッセルが自然と一目置くほどまで成長したということ？

「そんなとこだな。競演会《コンクール》から今日まで、その間あの子に何があったかは分からない。だけどもし、このままの速度であの子が名詠を覚えていけば」

どこか楽しげに、彼の口調に抑揚《よくよう》がつく。

「来年の今頃《いまごろ》には間違いなく、他の上級生を抑《おさ》えて『*Kernez*《赤》』の筆頭生徒になる。いや、来年を待たず今年中にもなるかもしれない。とにかく俺から見ても、ちょっと怖《こわ》くなるくらいの子だ。大した原石だよ」

「教師としては冥利《みょうり》に尽《つ》きる？」

「上手《うま》くいけばの話だな。……むしろ、少し不安もある」

珍しく、歯切れ悪そうに彼は続けてきた。

「講義中に名詠に成功すると、大抵《たいてい》の生徒は喜んで俺《おれ》に報告にくる。だけどあの子だけは違った。上の空って言えばいいのかな。怯《おび》えたような表情《かお》つきで、俺が声をかけるまで口もきけない感じだった」

名詠とは、自分の願う物を賛美《さんび》し詠びよせる式。だからこそ、自分で名詠した物に自分が驚《おどろ》くというケースは本来ありえない。怯えるなど、もってのほかのはずなのに。

「いやまあ、それは俺の杞憂《きゆう》だろうけどさ。ていうか、そうであって欲《ほ》しいいないと分かっていても、今一度、エンネは窓向こうの広場を見下ろした。いずれにせよ、今はその子に何かができるわけでもないらしい。

「ありがと、大体事情が摑《つか》めたわ。心配してたの。最初はあなたが、生徒に煽《おだ》てられた挙《あ》げ句《く》やらかしたかと思ってたから」

「……あ、そうですか」

拗《す》ねたように顔を背《そむ》けるゼッセル。まったく、子供《こども》みたいね。その様子に盗《ぬす》み笑いし、彼に先導する形でエンネは通路を歩き出した。

「さ、行きましょ。急がないと今日中に帰ってこれないかもしれないし」

——目的地は、〈孵石《エッグ》〉を精製《せいせい》したケルベルク研究所。

2

「じゃあ、今日はこれくらいにしましょう」

クラス担任であるケイト教師が教本を閉《と》じる。

「はい。ありがとうございました」

「もうお昼ご飯の時間なのに、ちょっと遅《おそ》くなっちゃってごめんね」

「い、いえ……僕が勉強してなかったからなので」

教本を鞄《かばん》の中に詰《つ》めつつ、ネイトは大慌《おおあわ》てで首をふった。

トレミア・アカデミーの講義は単位制になっており、必須科目の他、各々が自由科目を選択《せんたく》して受講する仕組みになっている。

ネイトの受けた講義は名詠式における必須科目の一つ、歴史学だ。トレミア・アカデミーに転入する以前、自分ではほとんど未習だった分野でもある。

「教師《わたし》と二人っきりは、やっぱり大変だった？」

苦笑混《くしょうま》じりの視線で、ケイト教師が面白《おもしろ》がるように聞いてきた。この科目は、他のクラスメイトは夏休み以前に履修済《りしゅうず》み。残された自分はそのおかげで、こうしてケイト教師と一対一での勉強会だ。

「……大変と言えば大変でした」

「正直でよろしい」

にこりと、むしろ楽しそうに微笑《ほほえ》む教師。

「ちなみにこの科目ね、あの虹色名詠士さんも苦手だったらしいわよ」

「カインツさんが、ですか？」

「教師長がこっそり教えてくれたの。あの人、昔カインツさんの先生だったこともあるから」

ジェシカ教師長。転入の際に一度会っただけで、それ以降《いこう》あまり話した記憶《きおく》はない人だ。普段《ふだん》は学園長の傍《そば》に控《ひか》えており、教師というより、今は学園長の秘書《ひしょ》に近いらしい。

「カインツさん、学生の頃から優秀《ゆうしゅう》だったんですか？」

「学生時の成績は学校で真ん中だったらしいわ。というより、あまり学校の講義には興味《きょうみ》がなかったらしいんだって。今の歴史学も含《ふく》めてね。歴史に名を残すような人が歴史の勉強をしていないっていうのも、なんかちぐはぐな感じだけれど」

――そういえば、お母さんも名詠式の歴史は教えてくれたことなかったっけ。

偶然《ぐうぜん》か必然か。そういった部分も、母と虹色名詠士は似ていたのかもしれない。

「さて、蛇足《だそく》もおしまい。お昼ご飯にしましょ。早く生徒食堂行かないと自分の席も取れないわよ」

あ、しまった。そう言えば、お昼ご飯一緒《いっしょ》に食べようってミオさんとクルーエルさんから誘《さそ》われてたんだっけ。

「ごめんなさい、お先に失礼します！」

鞄を小《こ》脇《わき》に抱え、ネイトは慌てて通路へ飛び出した。

一階ロビーから外れた、吹き抜けの道。瑞々《みずみず》しく茂《しげ》る草木が規則《きそく》正しく植えられ、頭上には雨を防《ふせ》ぐための簡素《かんそ》な屋根。

屋根の支柱《しちゅう》に背を預《あず》けたまま——

クルーエルは、ぼんやりと頭上の屋根を見上げていた。熱い陽射《ひざ》しに、熱い風。汗《あせ》ばむ額《ひたい》を拭《ぬぐ》うこともなく、その静けさの中にただ身を委《ゆだ》ねる時間。

その静寂《せいじゃく》を破《やぶ》ったのは、馴染《なじ》みのある友人の声だった。

「あ、クルルいたぁ！」

とてとてと、見知った顔の少女が走り寄ってくる。

「……ミオ？」

その後ろにネイトの姿も。

「クルル、お昼の時間になっても来ないから探《さが》したんだよ」

「あれ、もうそんな時間？」

ぼんやりとした目をこすり、クルーエルは寄《よ》りかかっていた支柱から背を離《はな》した。

「……ごめんね、授業が早く終わって少しぼうっとしちゃってて」

「まったくもー」

ぷくりと頰《ほお》をふくらませ、ミオが胸《むね》の前で腕《うで》を組む。

「ミオさんと見てきたんですけど、やっぱり食堂混《こ》んでました。三人分の席はちょっと空いてなさそうな感じで」

「仕方ない、食堂でご飯だけ買ってきて外のベンチで食べようか」

顔を見合わせ頷《うなず》く二人。

「あ……ミオ、悪いけど、わたしの分も買ってきてくれるかな」

「うん、そだね、食堂混んでるから一人でまとめて買ってきた方がいいもんね」

――ううん、違《ちが》うの。

理由は別にあった。けれど、それは言い出せなかった。

「……クルーエルさん？」

ミオが食堂の方へ駆《か》けていくのを見送り、ややあってネイトがこちらを見上げてきた。

「クルーエルさん、何かあったんですか」

「何かって？」

深紫色《ふかむらさきいろ》の髪をゆらし、彼は不安そうにおずおずと。

「……なんか、クルーエルさん今日元気なさそうに見えて」

じっと見上げてくるネイトに、クルーエルはそれとなくまぶたを伏《ふ》せた。

——キミは、そういう部分が本当に敏感《びんかん》なんだね。

前から薄々《うすうす》感じてはいた。顔色を窺《うかが》うといった類《たぐい》のものじゃない。純粋《じゅんすい》に、この少年は
そういった部分が聡《さと》いのだろう。

「うん……またちょっとだけ、迷っちゃった」

ごまかすように、せめて精一杯《せいいっぱい》の作り笑い。

……でも、なんて言えばいいんだろう。うまい言葉が見つからない。だから——

「あのさ。キミは、怖《こわ》いと思ったことってない？」

ひどく直接《ちょくせつ》的な、何の飾《かざ》りもない言葉を、クルーエルは素直に口にした。

「怖いって？」

「名詠式《めいえいしき》が、だよ」

その意味を推《お》し量《はか》ることもできないのか、彼の方は目を丸くしたままだった。……やっぱり、わたしの質問の方が変なだけなのかな。

「あのね。さっきさ、広場の方ですごい炎《ほのお》が巻《ま》き上がったの知らない？」

「あ、僕それ見ました！」

興奮混じりの表情で少年が口を開けた。

「すごかったですよね。一緒にいたケイト先生も驚《おどろ》いてたし、他の先生も原因《げんいん》を調べに行ってたみたいです。そのせいで授業がちょっと遅れちゃったくらいだから」

「——ネイト」


あれ詠《よ》んだの、わたしなんだ。


「…………え」

沈黙《ちんもく》。優《ゆう》に数秒、ネイトが息をすることも忘《わす》れて立ちつくす。

「うそ……いや、でも……まさか、クルーエルさん？」

「信じられないよね。でも本当なの」

うん。すぐには信じてもらえない方が当たり前。

わたしだって、自分で信じられないいんだから。

「わたしね、競演会《コンクール》でたまたま黎明の神鳥《フェニックス》を詠びだせたでしょ。それから、少し変なの。なんか、こんなこと言うと変かと思われるかもしれないけど」

一呼吸《こきゅう》。小さな余韻《よいん》を残したまま——

自分の両の掌《てのひら》を見ながら、おずおずとクルーエルは先を続けた。

「名詠の調子が良すぎるの」

「良すぎる、ですか？」

ぽかんと、彼の方が赤子のようにそれを復唱《ふくしょう》する。

「ごめんね。自慢《じまん》みたいに聞こえちゃうかもしれないけど……でも、本当に違うの。本当に怖いの」

今日の午前中に行われた名詠の実技指導《じつぎしどう》。課題として出された名詠が、自分でも不思議なくらいあっさり成しえた。〈讃来歌《オラトリオ》〉すら詠《うた》わず、名詠に要した時間は僅《わず》か数秒。

いいえ、それだけじゃない。他の生徒の名詠が、ひどく幼《おさな》く思えて仕方なかった。あまりに稚拙《ちせつ》な想像構築《イマジネーション》、〈讃来歌《オラトリオ》〉。手に取るようにその組成が見透けてしまえた。こと『Keinez《赤色名詠》』に関して、できないことは何もない、そう錯覚《さっかく》してしまいそうなくらい。

「これはきっと勘違《かんちが》いだ。そう思ってさ、授業が終わった後に一人で残って、火の名詠をこっそりやってみたの……触媒《カタリスト》は、普通の赤い絵の具」

その結果が、あの凄《すさ》まじい炎だった。周囲に誰もいなくて本当に良かった。もし自分の近くに誰かがいたら——あれは、ただの火傷《やけど》じゃすまなかった。

「……それが、すごく怖かったの」

両手で、クルーエルは自分の身体《からだ》を抱《だ》きかかえた。寒いわけじゃない、ふるえてるわけじゃない。痛《いた》みとして感じ取れるくらいに上り詰《つ》めた心の昂《たか》ぶりと、身体の火照《ほて》り。それが、どうやっても鎮《しず》まらないから。

競演会《コンクール》で真精《しんせい》を詠んだ副作用なのかもしれない。きっとわたし、一種の興奮状態《こうふんじょうたい》になっちゃってるんだ。でも、こんなの違う。

「こんなの、いやだよ。わたし、そんなつもりで神鳥を詠んだんじゃないのに……」

競演会《コンクール》で見た、あの力と暴力《ぼうりょく》に頼《たよ》った最上級生のように。自分が何でもできると過信《かしん》して、名詠が暴発したらどうしよう。あの時の五色のヒドラじゃないけど、わたしがああいう物を名詠してしまう危険性《きけんせい》だって、きっとある。

その可能性《かのうせい》に気づいてしまった時、目眩《めまい》にも似《に》た寒気がした。

「だから、急に名詠が怖くなっちゃったの」

わたしの言葉の余韻《よいん》が途切《とぎ》れるその前に。

「──でも」

普段遠慮《ふだんえんりょ》がちな彼が、いつになく強い口調で言ってきた。

「でも、僕、クルーエルさんはあの最上級生の人みたいにはならないし、そんな怖い名詠んだりしないと思います」

そう言ってくれるのは嬉《うれ》しいよ。けど、だめなの。わたし……

「ううん。僕、信じてますから」

お願い、今は、そんな目で見ないで。

「ありがとう……でも、ごめん。わたし、今は自分で自分を信じられないの」

思わず目を逸《そ》らしてしまった。あまりに真《ま》っ直《す》ぐな彼の瞳《ひとみ》が、今だけは切ないほどに苦しかったから。

「──クルーエルさん」

ふと、彼の声音《こわね》が変化した。

「お願いです。自分を信じられないなんて……そんな、そんな悲しいこと言わないで」

目を逸らしたはずなのに、思わず彼の方へと瞳を向け──

溢《あふ》れる泉《いずみ》の水面《みなも》の如《ごと》く。

彼の黒瞳《こくどう》がゆらゆらと揺《ゆ》れているのを、見てしまった。

……ネイト？

「クルーエルさんは、自分を信じられないような人じゃないです。だってクルーエルさんは、それをこんなにも怖がってるんだから」

唐突《とうとつ》に、前触《まえぶ》れなく——

「……な、なに？」

彼は、両手でわたしの手をそっと握《にぎ》ってきた。

「あ、あのさ、ネイト？」

「だから、きっと平気です。僕、クルーエルさんの名詠なら、どんなものだって怖くないです。名詠が怖いのなら、僕も一緒にいますから」

ち、違うの。手……いきなり何を——

「おまじないです」

にこりと、その少年が微笑《ほほえ》んだ。その目の端《はし》に、小さなしずくを浮《う》かべたままで。

「競演会《コンクール》で、クルーエルさんが僕にしてくれたことです」

……わたしが。

〝だいじょうぶ。わたしも一緒にいてあげる。一緒に詠《よ》んであげるよ〟

一字一句《いっく》違《たが》うことなく、あの日あの時の光景が脳裏《のうり》に繰《く》り返される。

「僕、クルーエルさんの詠、大好きです。誰の詠よりも優《やさ》しくて綺麗《きれい》で、素敵《すてき》です。……だからお願い、自分を信じられないなんて言わないでください」

言葉を詰まらせながらの、おせじにも流麗《りゅうれい》とは言えない口ぶり。それでも彼は一生懸命《けんめい》、わたしに精一杯自分の気持ちを伝えようとしている。それが、伝わってきた。

――そっか。

こんなにまでわたしは、キミに信じてもらってたんだ。

ちくりと小さな痛《いた》みを伴《ともな》って、胸の奥で生まれた何か。最初は痛かったはずの、言葉にもできないふしぎな何か。でもそれは次第《しだい》に、それは優しい温かみへと変わっていた。

わたしずっと、わたしにできることはしてあげたいと思ってた。……でも、違った。わたしも本当はキミに、こんなにも心配をかけちゃってたんだね。

「あのぉ、もしかしてあの時のこと忘れちゃいました?」

黙ったままの自分を、彼が寂《さび》しげな瞳で見上げてくる。

「ばか。忘れるわけないよ」

つん、と、自分を見つめてくる少年の額《ひたい》を指先でつついた。

「……痛いです」

「痛くないよ、男の子でしょ？」

からかうように、クルーエルは片目《かため》をつむってみせた。

――ごめんね、心配かけて。

でも、少し楽になったよ。自分のこと信じられないなんて、もう言わないから。

「……あのさ」

なんか、キミってふしぎ。

手のかかる弟に思えることも、落ち込みがちな友人のように思えることもある。けど、普通の学友のはずが――なんだか放っておけない、とても大切な人に思えることもある。

わたしには、まだ分からない。

「わたしたちの関係って、何なんだろうね」

ねえ、キミ自身は、どう思う？

「え、か、関係って？　えっと……クラスメイト？」

悩《なや》みに悩んだ挙げ句、大まじめに答えてくる彼。

うん。今は、きっとそうなんだよね。だけど――

「でもね、もしかしたら、これから変わっていくかもしれないよ？」

「変わるって？」

「ふふ、何だろうね」

「えー、教えてくださいよ」

首を傾《かし》げたまま頬《ほお》をふくらませる少年。まだまだあどけないその仕草。やっぱり、お姫《ひめ》様《さま》を守る騎士《きし》にしては、まだキミはちょっと頼《たよ》りないかもなぁ。

「わたしにもまだ分からないよ。ま、いいやそれは。……あ、ミオ帰ってきた。さ、どこでご飯食べよっか」

「……クルーエルさんずるぅ」

「ほらほら、早くご飯食べないと。午後からクラスのみんなで海行くんだから」

3

頭上から燦々《さんさん》とそそぐまばゆい熱線。珊瑚《さんご》を細かく砕《くだ》いて敷《し》き詰《つ》めたような白地の砂《すな》。透《す》き通った紺碧《こんぺき》の海。押《お》し寄せては返す澄《す》んだ波に、日常の鬱憤《うっぷん》すら流れていくような。

トレミアの敷地《しきち》ということで、一種のプライベートビーチのようなもの。まさに楽園と呼《よ》ぶにふさわしい。

しかし——そんな光景もいいが、オーマたち男子生徒の関心は別にあった。

「……ネイトの奴《やつ》、おいしいよな」

日陰で、砂浜に腰《こし》を下ろしたまま前方を見つめる水着姿《みずぎすがた》の男子その一。

「ああ、本人があれの価値《かち》を理解《りかい》してないってのが余計《よけい》にな」

右手にジュース、左手に団扇《うちわ》。それに遮光眼鏡《サングラス》を着用しつつオーマは渋々《しぶしぶ》頷《うなず》いた。

その視線の先。

水着姿の女子十数人と、それに混《ま》じって遊戯《ゆうぎ》に興じる子供《こども》がいた。

「ほら、ネイティ、そっち行った！　拾って！」

「え……あ、え……？」

風に流れるボールを必死で追いかける幼い少年。砂浜に慣《な》れていないのか、その足取りはよろよろと、先ほどからどこか不安定だ。

「あ、あ、あーっ！」

頼りない少年の悲鳴。間を置いて、ぽてっとボールが砂浜に落ちる音。

「あはは！　だめだなぁ、ちび君」

「でも、かわいー」

「うん。かわいいから許《ゆる》す！　ていうかそれでいい！」

少年がボールを上手《うま》く繋《つな》げた時より、むしろ失敗した時の方が歓声《かんせい》が大きかったりする。

いかに上手いプレイをするかではなく、いかに面白可笑《おもしろおか》しいミスをするか。そっちの方をこそ、この少女たちは楽しんでいるらしい。

「……あれか、あれがうら若《わか》き十三歳《さい》の少年の魅力《みりょく》か」

「顔も男というか、中性っぽいしな。背《せ》も低いし華奢《きゃしゃ》だし。女子《あいつら》にしたら、からかいがいというか、いじりがいがあるんだろ」

当初あの少年はライバルとして認識《にんしき》していなかったがとんでもない。恐るべき強敵《きょうてき》が転入してきたものだ。

「あれ、そういや他の男子どこ行ったの？」

近くの売店に行っている者、海で素潜《すもぐ》りを楽しむ者。男子生徒の方はそれぞれが好き勝手しているようだが、それにしても人数が少ないような。

「ん。ほらアレだよアレ」

オーマが顎《あご》でさすその方向。遊びに用いるボールを持ったまま表情をしかめる金髪《きんぱつ》童顔の少女と、それを呆《あき》れ顔で見つめる緋《ひ》色の髪《かみ》の少女。

「むー。おかしい。バレーの本では確《たし》かに理屈《りくつ》上……ここをこう打てばしっかりボールが飛ぶはずなのに。本読んでないクルルのがあたしより上手い理由が思いつかないのに」

「ミオ、だから本に頼りすぎだってば。実際に練習しないと上手くならないよ」

「……そっか。そうかもね」

「それより、泳ぐ練習するんじゃなかったの?」

「うん、それなら今から水泳の本を読んで――」

「……人の話聞いてないわね」

その様子をしばし眺《なが》め。

「ミオとクルーエルがどうかした?」

「無謀《むぼう》な奴ら数人。この旅行がチャンスだってあいつらに告白してきたらしい」

ほう。小さく感嘆《かんたん》の吐息《といき》を洩《も》らし、男子生徒その一は女子の集団《しゅうだん》を盗《ぬす》み見た。言われてみれば、男子複数《ふくすう》人が狙《ねら》う理由も確《たし》かに納得《なっとく》できてしまう。

ミオ・レンティア――紙上試験では学年随一《ずいいち》とも噂《うわさ》される秀才《しゅうさい》。であると同時に、愛らしい笑顔と穏《おだ》やかな物腰《ものごし》が際《きわ》だつ女の子だ。誰隔《だれへだ》てなく接《せっ》する彼女の振るまいは、生徒だけでなく教師からの信頼《しんらい》も厚《あつ》い。

　かたや、クルーエル・ソフィネット。面倒見《めんどうみ》が良い性格《せいかく》で容姿《ようし》も頭一つ抜《ぬ》けているし、運動神経《しんけい》も抜群《ばつぐん》。試験の成績《せいせき》は控《ひか》えめに言っても良くはないのだが、それもまた愛嬌《あいきょう》というものだ。

「で、結果は？」

「『……ごめんなさい。わたしたち、まだそういうの——』だってさ。該当者《がいとうしゃ》数人は傷心《しょうしん》旅行中。離れた砂浜でしばし心の傷《きず》を癒《いや》してくるらしい。そっとしといてやれ」

「……次は俺が」

「やめとけ。返り討《う》ちにあう犠牲者《ぎせいしゃ》が増《ふ》えるだけだ」

　冷淡《れいたん》に視線を交《か》わし、オーマは遮光眼鏡《サングラス》のブリッジを持ち上げた。

「よし、次ボール落とした子、罰《ばつ》ゲームね。ボール落としたら、明日の講義はこの水着のまま出席ということで！」

　女子全員が可笑《おか》しげに歓声《かんせい》を上げる中、顔を真っ青にする少年が約一名。

「え。ちょ、ちょっとそれは……あの、嫌《いや》な予感が」

「というわけで、行くよネイティ」

「う、うわ！　なんでいきなり球が速くなるんですか！」

「あら、ネイト君上手く拾ったじゃない。じゃあもう一度」

「え、な、なんで……いやそれは遠慮《えんりょ》──わぁっ！」

「ちっ。二回連続生き残るとは、やるわね」

「あ、あのですね。今あからさまに舌打《したう》ちっぽいのが」

「よし今度こそ。じゃあちび君、三回連続に挑戦《ちょうせん》だ！」

「うわああっ！　やっぱり僕狙《ぼくねら》いじゃないですかぁ！」

「あっ、ネイティ逃《に》げた！　全員、追えー！」


「てか、男子禁制《きんせい》なのになんでネイトだけ許《ゆる》されてるの？」

もはや諦《あきら》めた口調で呟《つぶや》く男子生徒その一。

「許されるっつぅか、むしろ強制《きょうせい》参加させられてたしな」

午後、自由時間のため男子生徒全員でビーチに集合という予定になっていた。集合時間、ほぼ全員の姿《すがた》が見える中、ネイトの姿がどこにもない。

オーマ含《ふく》め男子一同で探《さが》すさなか──突如《とつじょ》聞こえてきた擦《かす》れた悲鳴。見れば……女子生徒複数《ふくすう》人に手足を縛《しば》られ、遥《はる》か彼方《かなた》へと連行されていく少年の姿。

誘拐犯《ゆうかいはん》に何度か身柄《みがら》の引き渡《わた》しを交渉《こうしょう》したものの、あいにく彼女たちの目的は身代金《みのしろきん》ではなく、その少年本人だったらしい。

「……く、あれがうら若《わか》き十三歳《さい》の少年の魅力《みりょく》か」

それ、さっき聞いた。

「男として見られてないってのも、それはそれで哀《あわ》れな気もするけどな」

「ちょっ、ちょっとオーマさん！　黙《だま》って見てないで助けてくださぃぃー！」

今なお、追いかける女子集団《しゅうだん》から逃走《とうそう》するネイトの姿。

「……今ネイト何か言ったか？」

「いや、聞こえなかった。空耳だろ。助けてくれだなんて俺《おれ》は聞いてないぞ」

きっぱりと首を振り、オーマは鞄《かばん》から読みかけの雑誌を取り出した。

……くそ、なんて羨《うらや》ましいヤツ。

「あーあ。今頃《いまごろ》、生徒諸君は海辺で仲良く遊んでるのかな」

砂地《すなじ》を敷《し》き詰《つ》めた路面。足下《あしもと》に転がる小石を、ゼッセルはぼやき混じりに蹴《け》りつけた。

「さっきからそればっかりね」

横に立ち並《なら》ぶエンネが苦笑《くしょう》する。

「ミラーは情報部《じょうほうぶ》に缶詰《かんづめ》なんだから、それと比《くら》べれば良い方じゃない」

「いや、あいつ海嫌《きら》いなんだ。泳げないから」

「……まだカナヅチ直ってなかったの？」

同僚《どうりょう》の声に混《ま》じる、どことなく楽しげな感情。

水泳の教本を読んだ限《かぎ》り理《り》屈《くつ》上はこれで浮《う》く――エルファンド学舎《がくしゃ》時代、水深一メートル二十センチのプールで何度あのインテリがその言葉を残して溺《おぼ》れたことか。

「ほら、卒業旅行でも海行ったの覚えてるか？」

「随分《ずいぶん》昔のことだけど、まあ一応《いちおう》」

くすりと笑い声を上げ、エンネが口元に手をあてる。普《ふ》段《だん》教師《きょうし》として見せる淑《しと》やかな笑みではなく、自分やミラー、幼馴染《おさななじ》みの間でだけ彼女がこっそり見せる快活《かいかつ》な笑いだ。

「青色名詠を教える教師なのに、よりによって海が苦手ってのが個性《こせい》的よね」

卒業旅行の五日間。ただ一人ミラーだけは、最後まで海に入ろうとはしなかったのだ。

「まあどっかの誰かさんも、十六歳間近なのに浮き輪《わ》使っていましたけど」

「今は泳げるわよ。特訓したもの」

「どうだか、今回も旅行鞄《かばん》に浮き輪入れてたろ。エンネ先生、案外泳ぐ気まんまんですね」

「……何で知ってるのよ」

ばぁか、鎌《かま》をかけてみただけだっての。

むっと口を尖《とが》らせる彼女。その様子に微苦笑《びくしょう》し——その何気ない会話は、唐突《とうとつ》に終焉《しゅうえん》を迎《むか》えた。

砂の路面から一転、硬《かた》く乾《かわ》いた土が広がる敷地へ。

「……さて、お伺《うかが》いするか」

一息分、ゼッセルは肺《はい》に残る澱《よど》んだ空気を吐き出した。

ケルベルク研究所、フィデルリア支部《しぶ》。

褐色《かっしょく》の巨岩《きょがん》に刻《きざ》まれた所名を後目《しりめ》に、開放されている門を越《こ》える。

……開いてる、か。

それほど広いわけでもない敷地は、雑草《ざっそう》が無秩序《むちつじょ》に繁《しげ》るだけ。

「誰かいたか？」

「見た感じ、外には誰もいないと思うけど」

「んじゃ、内部の方お邪魔《じゃま》させてもらうか」

研究所正面扉《とびら》。その脇《わき》に設置《せっち》された来訪者《らいほうしゃ》用のブザーに手を触《ふ》れた。機械的な呼《よ》び出し音が内部でこだまし、その余波《よは》が正面の扉伝いに自分たちまで響いてくる。

「鳴ってるのは確かだな」

――なのに、なぜ内部からの応答がない？

隣に目配せする。こちらの意図が伝わったらしく、エンネが無言で首肯《しゅこう》する。

左手に咄嗟《とっさ》用の触媒《カタリスト》を隠《かく》したまま、右手で研究所の扉を開いていく。ギィッという錆《さ》びついた音を立て、徐々《じょじょ》に口を開いていく研究所。

「……暗い？」

電灯が灯《とも》っているかと思ったが、内部は数メートル先すら見通せない暗闇《くらやみ》の帳《とばり》が降《お》りていた。やはり、何かおかしい。

開けた扉へ外から陽が差し込む。僅《わず》かずつ、数メートル先の展望《てんぼう》が明らかになり――

玄関《げんかん》ホールの光景が、視界《しかい》に触《ふ》れた。

「…………っっ！」

声にならない悲鳴をエンネが上げる。

倒《たお》れかける彼女の肩《かた》を掴《つか》み、ゼッセルはかろうじて平静を装《よそお》った。

……これは何かの冗談だよな。

石像《せきぞう》。最初はそう思った。そう。玄関のロビーに飾《かざ》ってある記念碑《きねんひ》の類《たぐい》なのだろうと。

だが凝視《ぎょうし》すればするほど、それがただの石の彫刻《ちょうこく》でないと、嫌《いや》でも理解《りかい》しなくてはならなくなった。あまりに生々しく、そしておぞましい。

お伽話《とぎばなし》等で何度も読んだことがある。だがまさか、こんな現象が現実にあるだなんて、今、この時まで欠片《かけら》も信じていなかった。

何かに怯《おび》えたような形相の石像。必死で逃げようとする格好《かっこう》の石像。

——目の前にいたのは、石化した研究所の職員《しょくいん》たちだった。

4

押《お》し寄《よ》せるさざ波の音。靴《くつ》が白砂《はくさ》を踏《ふ》む、軽く小さな音色。同じ一歩のはずなのに一つ一つが違《ちが》う音、聴《き》いていて飽《あ》きることがない。潮風《しおかぜ》を受けながらの砂浜の散歩は、ネイトにとってどこか新鮮《しんせん》なものだった。

「あ、貝殻《かいがら》」

深い紫色《むらさきいろ》の外面に、内側は紅《べに》色。不思議な色合いの二枚貝《まいがい》を拾い上げる。

「……クルーエルさんにあげようかな」

昼の青い海ではなく、夕焼けに染《そ》まった水平線。夜が始まる直前。だからこそ、余計《よけい》に陽を身近に感じる時間が夕焼けかもしれない。

ふと。波飛沫《しぶき》に混《ま》じり、何かが宙《ちゅう》を切る鋭《するど》い音が鼓膜《こまく》に届《とど》いた。

——あれ？

自分が進んできた方向の直線上、無人と思っていた砂浜に人影《ひとかげ》が見えた。歩を進めるにつれ、次第《しだい》に速まる風鳴り音。速いだけではない、確実《かくじつ》に強くなっていた。

既視感《きしかん》。

夕陽を浴びながら鎗《やり》を振《ふ》るう少女が、数日前に見た屋上の光景と重なった。

「エイダさん？」

一度目は純粋《じゅんすい》な驚愕《きょうがく》。二度目となる彼女の鎗術《そうじゅつ》を見て、その凄《すさ》まじさをネイトはようやく悟《さと》った。

以前見た時は、その動きの華麗《かれい》さのみに目を奪《うば》われていたが——今彼女が振るう鎗には美しさの中に、背筋《せすじ》を凍らせるほど冷たい、研《と》ぎ澄《す》まされた鋭さがあった。

自由を奪《うば》う砂の足場にもかかわらず、まるで動きに衰《おとろ》えがない。なにより、踏《ふ》み込《こ》みや跳躍《ちょうやく》、それらの動作がまるで無音なのだ。砂を蹴《け》る音すら聞こえない。

あまりに静謐《せいひつ》。あまりに澄みきった流れ。

鎗術会。そんな、部活などという幼《おさな》いレベルのものではない。

……違う。あの時と何かが違う。

素人《しろうと》のネイトでもはっきりと分かる。屋上で見た動きも驚いたが、今の少女の鎗はそれすら通り越し、見ていて恐くなるほどだ。

そして——少女が片手で鎗を携え、全身を回転させると共に、更《さら》に鎗を高速で振り回す。

そう。あの時、屋上で彼女が鎗を落とした場面。

片手で回す、廻《まわ》す、舞《ま》わす。

十回、二十回、三十回。

いつまで経《た》とうと、彼女が鎗を落とすことはなかった。

にわかに、少女の動きがそこで止まる。小さく洩《も》れる吐息《といき》。この暑さの中あれだけの動きを見せておきながら、しかしその呼吸《こきゅう》は一糸の乱《みだ》れもなかった。

「……二度目だね、ちび君」

困《こま》ったような照れたような、複雑《ふくざつ》な表情でエイダが苦笑する。

「あ、あの。また鎗の特訓ですか」

「半分当たりで半分ハズレ。まあ正解《せいかい》にしてもいいんだけどね」

それきり会話が途切《とぎ》れる。てっきり彼女の方から二の句を継《つ》いでくるかと思っていたが、彼女は自分の握る鎗を、哀愁《あいしゅう》にも近い視線で見つめているばかり。

「エイダさん、本当すごいです」

「ん、すごいって？」

「お昼にあれだけみんなと一緒に騒いでたのに、夕方またそんな特訓してるだなんて」

クラスの皆《みな》はと言えば、今は一斉《いっせい》に部屋で休んでいる。自分も今までばったりと寝《ね》ていて、少し前に目を覚ましたばかりだ。

「もう、ご飯食べるのとかと同じくらい習慣《しゅうかん》になっちゃったからね。十何年同じこと続ければ誰でもそうなるよ」

十何年？　鎗術会はトレミア・アカデミーに来てから入ったはずだ。それならまだ半年も経《た》っていないはずなのに。

「ちび君はあれだっけ。名詠士《めいえいし》になりたいのは、お母さんの遺《のこ》した名詠を完成させたいからだっけ」

「はい。名詠士になるかどうかはまだ決めてないんですけど、まずは母の名詠式ができるようになりたいなって」

「――そっか」

ぎゅっと鎗を握りしめ、彼女はゆっくり頭上を見上げた。

「……ちび君は怒《おこ》るかもしれないけど、あたしはそういうのだめなんだ。だめっていうか、もう逃《に》げ出してきた後なの」

ゆっくり、ゆっくり、自らに教え聞かせるかのように少女が息を吐《つ》く。

「あたしの場合はね、生まれた家が特殊《とくしゅ》だったの。祓名民《ジルシエ》ってわかる？　一言で言えば、名詠された物を還《かえ》す専門《せんもん》の職業《しょくぎょう》みたいな感じの連中」

祓名民《ジルシエ》。記憶の器をどれだけひっくり返しても、その単語の欠片《かけら》すら出てこなかった。

「……ごめんなさい、僕まだ勉強不足で」

「ううん、ちび君が知らなくて当然なんだ。詠《よ》び出す側じゃなくて還す方。なんつか、地味なんだよ。でっかい生物《いきもの》出すとかそういう派手《はで》さがないからね。知名度も名詠士と比《くら》べて当然低いわけでさ。それを知ってあえて祓名民《ジルシエ》を志望《しぼう》する人はホント少ないの。だからこそ、祓名民《ジルシエ》は父から子へと家系《かけい》を以《もっ》て受け継がれることになるわけだ」

仮《かり》に、とある街で名詠が暴走《ぼうそう》したとする。この時、暴《あば》れる名詠生物を取り押さえるために別の名詠生物を詠んだとしたら、名詠生物同士の戦いで街はさらにぼろぼろになってしまう。たとえば競演会《コンクール》時のヒドラに同じヒドラをぶつけたとしたら、街一つがそのまま廃《はい》墟《きょ》と化すのは想像に難《かた》くない。

となれば、被害《ひがい》を抑《おさ》えつつ名詠生物に対処《たいしょ》するには、反唱が望ましい。しかし近くにいる名詠士が、たとえばミオやクルーエルなど女性《じょせい》しかいない場合、暴れる名詠生物に触れるという作業は非常《ひじょう》に危険《きけん》。

よって、反唱のためだけに知識と技術《ぎじゅつ》をつみ、暴れる名詠生物にも対抗できるよう心身を鍛《きた》え上げた『反唱のプロフェッショナル』が必要となった。

「それが今の、祓名民《ジルシエ》の始祖《しそ》というわけ。もちろん、今も祓名民《ジルシエ》として頑張《がんば》ってる人はすごいと思うよ。身体張って命かけてる職だからね。一日たりとも一定量の訓練を欠かさない、尊敬《そんけい》すべき人たちだから」

だけど——溜息にも似た吐息をこぼし、エイダがうつむく。

「それでもやっぱり、知名度《ちめいど》はすごく低いんだ。名詠士みたいな専門学校も無いしね。ただ延々《えんえん》と、独りぼっちでの練習。華やかさなんて欠片もないよ。……祓名民《ジルシエ》って特殊な読み方も何か語源《ごげん》があるらしいんだけど、親父《おやじ》は教えてくれないの。ただ名詠士に対する劣《れっ》等感《とうかん》から生まれたものじゃないかって、疑《うたが》いたくなっちゃうよ」

自嘲じみた微笑を浮かべる彼女。応えに迷い、ネイトはそっと視線を逸《そ》らした。

「エイダさんのお父さんも、祓名民《ジルシエ》なんですよね」

「……うん。一応祓名民《いちおうジルシエ》の本家がユンでその家長だから、名実共に祓名民《ジルシエ》のトップだろうね。色々大陸を回っているみたいでやたら顔が広くてさ、親父が知人を集めた一つの会ってか集団《しゅうだん》があるんだけど、そこにはあのカインンツ様も入ってるくらいだからね」

「カインンツさんが？」

名詠士には、出身校や人脈繋《つな》がりで大きな派閥《はばつ》が十数個ほど存在《そんざい》する。組織《そしき》のメリットは大きい。職の斡旋《あっせん》、売名、著名《ちょめい》な要人との会合。トレミア・アカデミーの教師も、学園運営本部が形成するグループに名を連ねているはず。生徒も、トレミア・アカデミーを卒業して名詠士になった時、まずはそのグループに加入するのが恒例《こうれい》だ。

虹色《にじいろ》名詠士であるカインツ。聞くところによれば、しかし彼だけは、なぜかどの組織にも入ろうとしないという。当然多くの呼び声もかかっただろうし、彼が顔を見せればどのグループだって重役扱《あつか》いで彼を受け入れるはず。なのに、いまだ彼は独《ひと》り気まぐれな行動を好む。一時期、それが逆に注目を集めたほどだ。

「まあ、カインツ様はちょっとした傍観者的《オブザーバー》な参加らしいけどね。でも時々うちの家に来ることもあるみたい。大抵《たいてい》あたしが学校にいる間だけど」

「……すごいですね」

「カインツ様だけじゃないよ。他にも大勢《おおぜい》、他から見たらすごいを通り越して変人としか思えない連中がたくさん。むしろそれの巣窟《そうくつ》みたいな会合だよ」

もはや言葉が出ない。それだけ偉大《いだい》な父親を持っているなんて。そう。普通の人間であればそう考える。それは素晴《すば》らしいことだ、と。

けれど——それを口にする少女の双眸《そうぼう》は、寂《さび》しげな色に揺《ゆ》れていた。

「そのリーダーの長子に生まれちゃったもんだから、……色々窮屈《きゅうくつ》な思いをしてきたよ。決められた日課、決められた道、決められた将来《しょうらい》。他の子が友達と遊んでる時も、あたしは独りでずっと祓戈《ジル》だけを握ってた」

鎗《やり》の先端に輝《かがや》く宝石《ほうせき》。恐《おそ》らくはそれが送還《そうかん》用の触媒《カタリスト》なのだろう。

彼女が祓戈《ジル》と呼ぶ鎗。そう言えば、屋上で見たときの鎗は、何の細工もしていない普通の鎗だった。

「……気づいた？」

泣き笑いのように、彼女が唇《くちびる》の端を微《かす》かに持ち上げる。

「あたしはずっと祓戈《ジル》を使っていたから、重さも長さも祓戈《ジル》のものを身体《からだ》がすっかり覚えちゃってるの。それが、部活の鎗は部指定のだから、当然重さから何から全部違《ちが》うの。その違いに違和《いわ》感あってさ……部活の鎗持った時はよく失敗するの」

屋上で鎗を落とした時、彼女がそれをじっと見下ろしていたことを思い出す。あの凝視《ぎょうし》の意味が、ネイトにも少しだけ分かった気がした。

「部活動の鎗と祓戈《ジル》って、そんなに違うんですか」

「ううん。あたしが祓戈《ジル》に慣れ過ぎちゃっただけ。祓戈《ジル》の重さは零《レイ》コンマ一グラムだって間違えないし、間合いだって零コンマ一ミリも間違えない。だからこそ、少しでも違うと歯車が全部狂《くる》っちゃうの」

〇・一グラム、〇・一ミリ。それをごく当然のように口にする彼女。

けれど、そんなことが本当に可能なのだろうか。少なくとも自分は、普段使ってるペンの長さだって覚えていないし、言い当てられる自信はない。

「エイダさん、もしかして反唱《はんしよう》も複数色使えるんですか」

反唱の術式も通常の名詠同様、五色それぞれに分かれている。名詠対象を還《かえ》す専門の職だというのなら、もしや――

「……うん。あたし物覚え良くないけどさ。それでも反唱だけは複数色覚えてるよ」

反唱の習得は名詠よりも容易《ようい》と言われている。トレミアの中にも複数色をマスターしている教師はいるだろう。しかし生徒でそれをとなると話は別だ。

――それを誇《ほこ》らしげに語るどころか、その素振りすら普段この少女は見せたことがない。

嘘《うそ》をつくような人じゃない。だけどにわかには信じられなかった。彼女の告げるそれは、あまりに自分の常識《じようしき》を超《こ》えた領域《りようき》だったから。

「言うと馬鹿《ばか》にされることあるんだけどね、こいつはあたしの……最初の友達だったんだ」

宝石の施《ほどこ》された鎗を胸《むね》に抱《いだ》き、少女が身体を強張《こわば》らせる。

「ううん、友達っていうか、今はもう自分の分身みたいなもんだよ。ずっとずっと一緒《いっしょ》にいる。重さも長さも、お互《たが》い知らないことはない——そんな関係」

……でもそれも、もういいの。

乾《かわ》いた声音《こわね》が、彼女の小さな口唇《くちびる》からそっとこぼれた。

「少しね、家に決められた道以外のことをしてみたいんだ。実はあたしの母親が名詠士の資格《しかく》持っててさ、昔から名詠学校には興味《きょうみ》あったの」

「……そうだったんですか」

「トレミア・アカデミーに来て友人もたくさんできたしね。ちび君じゃないけど、ここに来て本当に良かったなって思う」

多くの友人に恵《めぐ》まれ、部活に入り、学校生活を心から楽しんでる。それは普段の彼女の様子からも伝わってくる。

けど——解《わか》らない。

「エイダさん」

一つだけ、一つだけどうしても解らない。

「でも、それならどうして祓戈《ジル》を使って、今もこうして練習してるんですか」

そうだね。どうしてだろう。そう呟《つぶや》き、彼女は独り言のように唇をふるわせた。

「……あたしにもよく分からない。でもたぶん、もう後悔《こうかい》したくないからじゃないかな」

後悔？

「うん。もうあの夢《ゆめ》は見たくないんだ」

あの夢。後悔。それは、どういうことだろう。

どれだけ彼女の横顔を見つめても、揺れる瞳《ひとみ》の奥底《おくそこ》は、何か大切なものをしまったまま、どこか遠くの景色を映《うつ》すだけだった。

5

「……衣服の皺《しわ》までここまで緻密《ちみつ》に」

触《ふ》れないまでも、ゼッセルは目の前の石像《せきぞう》ぎりぎりまで近づいた。

十数体の石像。服の繊維《せんい》すら真似《まね》た質感《しつかん》の石像など、今まで見たことがない。いやそもそも、石像が浮《う》かべる恐怖《きょうふ》の表情だけで十分だ。ただの彫刻《ちょうこく》では決して及《およ》ぶことなき、圧《あっ》倒《とう》的なリアリティ。

「どうやら、思い違いでもなさそうだな」

「人が石化するなんて……そんなことが」

消え入るように洩《も》らし、同僚《どうりょう》たる女性教師《じょせいきょうし》が後方へとよろめいた。その肩《かた》を強めに叩《たた》き、

ゼッセルは一歩だけ足を進めた。

「エンネ、石像に触るなよ。カラクリが分からないんだから用心に越したことはない」

「——学園長に連絡《れんらく》」

思い出したように呟く彼女。

「それは、報告《ほうこく》できるだけの材料を揃《そろ》えてからだ」

そう。自分たちはまだ、研究所の玄関《げんかん》ホールにいるに過《す》ぎない。この先この奥、何が起こっているのか。最低でもその状況《じょうきょう》を、可能なら原因《げんいん》の追求までだ。

「……うん」

ホールの暗がりに白光が差す。

エンネの左手に、名詠《めいえい》によって生まれた白色の光球。

「行きましょ」

「お願い、わたしたちの少し先を照らしながらゆっくり進んで」

無生物のような外見だが、その実態《じったい》は第三音階名詠《プライムアリア》に属《ぞく》する光妖精《ようせい》。危険《きけん》を察知すると点滅《てんめつ》する習性《しゅうせい》がある。白色名詠士《エンネ》が探索《たんさく》用に好んで用いる名詠だ。

通路前方十メートルほどが見渡《みわた》せる光量。その光が照らす周域《しゅういき》には石像はない、そのことにひとまずは安堵《あんど》する。

だがその代わり。

──なんだこの灰《はい》？

前方の通路を見据《みす》え、わずかに歩行速度をゆるめた。

通路の隅《すみ》に散る、膨大《ぼうだい》な量の灰燼《かいじん》。何かが燃《も》えた後の残滓《ざんし》？　いや、それならこの研究所だって相応《そうおう》に焼け焦《こ》げているはずなのに。

「何かは分からないけど、なるべく踏《ふ》まずに歩いた方がいいかもね」

「だな──んっ？」

つと鼓膜《こまく》を揺《ゆ》らす音。カサッという、何かが擦《こす》れたような音に反射《はんしゃ》的に振《ふ》り向いた。

「どうしたの？」

先導《せんどう》するエンネが足を止める。応《こた》えるより先、まず自分たちの背後《はいご》を確認《かくにん》した。

何もいない……俺《おれ》の気のせいか。神経《しんけい》が過敏《かびん》になっているからか？

「いや何でもな」

言葉尻《じり》は、突如《とつじょ》消滅した光妖精の光量と共に消えた。

「えっ？」

エンネの声。それと同時、周囲が再び暗がりに包まれる。

光妖精が突然消えた？　自然消滅にしては異常なほど早い、早すぎる。

やはり、この研究所には何かがある。いや、何かがいる！

——『Keinez《赤の歌》』——

右手に持った触媒《カタリスト》を元に、手元へと一握《ひとにぎ》りの炎《ほのお》を詠《よ》ぶ。

光妖精ほどの光量ではないが、これで数メートルは…………

一瞬《いっしゅん》、目の前の光景に自身の目を疑《うたが》った。

……おい、ちょっと待て。……なんだこいつは。

先を歩いていたエンネの、その最寄《もよ》りの壁《かべ》に——灰《はい》色の壁と同化するように、同色の鱗《うろこ》を持つ大蛇《だいじゃ》がずるずると這《は》いずっていた。

「エンネっ、伏《ふ》せろ！」

「え？」

突然の警鐘《けいしょう》は逆効果《ぎゃくこうか》だった。呆気《あっけ》にとられたようにエンネがこちらへと振り向く。すなわち、謎《なぞ》の蛇《へび》に対し背《せ》を向ける。その蛇が鎌首《かまくび》をもたげ……

「エンネっ！」

蛇が口を開け襲《おそ》いかかる。

選択肢《せんたくし》を迷《まよ》うだけの時間はない。無防備《むぼうび》の同僚を力任《ちからまか》せに反対側の壁へと突き飛ばした。

さくり。耳元で、何かが自分の肩を穿《うが》つ音がこだました。あまりに微細《びさい》な、恐《おそ》るるに足りないとすら思えるほど呆気ない音。

だが、蛇の牙《きば》が肩の肉を穿つ激痛《げきつう》だけは本物だった。

「……痛《つ》っ！」

「ゼ、ゼッセル！」

彼女の声にいちいち答える余裕《よゆう》はなかった。

左肩に噛《か》みついて離《はな》さない蛇の頭部を右手で握り、力任せに引き剝《は》がそうと試みる。が、蛇は強固にその牙を突き立てたまま。

「こ……のっ……！」

明かりとして名詠しておいた炎を摑《つか》む。その炎を直接《ちょくせつ》、蛇の頭部に押し当てた。

炎に炙《あぶ》られ蛇がのたうち回る。緩《ゆる》くなった顎《あご》を持ち、一気に肩から剝がす。なおも暴《あば》れる蛇を、ゼッセルは力任せに床《ゆか》へと叩き付けた。床を這いずる大蛇。まだ息はあるものの、さすがに再度《さいど》飛びかかってくる気配はない。

左手の出血を確《たし》かめようと視線《しせん》を自分の肩先へとやり——

「……そういうことか。ようやくここのふざけたカラクリが見えてきたぜ」

「ゼッセル……肩！」

エンネの掠《かす》れた悲鳴。

灰色に石化した左肩。痛《いた》みも違和《いわ》感もない。ただ自分の腕《うで》でないかのように、どれだけ力を込めても肩から先が反応しない。

こいつが、玄関《げんかん》ホールにあった石像《せきぞう》の原因《げんいん》か。

「考えるのは後だ！　とにかく一度ここを出るぞ！　この研究所はやばい！」

歩いてきた通路を駆《か》ける。だが二人の足はものの数秒で凍《こお》りついた。

……今まで何もいなかったはずなのに。

歩いてきた通路を埋《う》める、灰色の石竜子《トカゲ》。その壁には今襲ってきたものと同じ大蛇が、それも上壁から横壁までを塗《ぬ》りつくすように這い近づいてくる姿《すがた》。軽く見積もっても優《ゆう》に十体。

通路に堆《うずたか》く積もっていた灰の山を思い出す。あの中に隠《かく》れていやがったのか。だが腑《ふ》に落ちない。そこまでして侵入者《しんにゅうしゃ》を出口へ向かわせたくない理由はなんだ？

もし研究所内部に入れさせないことを目的とするならば、この名詠生物たちを隠しておく必要はない。最初から玄関前で威嚇《いかく》させているはずなのに。

むしろこれでは、最初は研究所に誘《さそ》うことを良しとするような――

「……なるほどな」

立ちつくすエンネの肩を摑む。

「ゼッセル?」

出口を塞《ふさ》ぎ経路を断《た》つ。自然、侵入者にとって残された道は一つ。

そう。このふざけた悪戯《いたずら》を施《ほどこ》した奴《やつ》は、俺たちを研究所の奥へ招待《しょうたい》しようとしているに違いない。

「エンネ、逃げる方向はこの奥だ!」

エンネの背を押し、ゼッセルは通路を駆けだした。

研究所の奥へ進む方向へと。

間奏『それは、夏の冷たい風に誘《さそ》われて』

湿気《しっけ》と熱を帯びた微風《びふう》に、にわかに混《ま》じる冷たい冷気。夏のこの時期に、ふと気候がもたらした気まぐれな悪戯《いたずら》。肌《はだ》を冷やす風に身をさらしたまま、クラウス・ユン・ジルシュヴェッサーはまぶたを閉《と》じた。

……もう、一年が経《た》つのか。

一年前に娘《むすめ》と交《か》わした口論《こうろん》。一字一句《く》、まるで違《たが》えることなく覚えている。

〝なんで、なんであたしだけこんなことしなくちゃいけないの！〟

去年のまさに今頃だった。あの暑い日の、暑い夜。

――*O toga Wem millmo, Hlr shoul da ora peg ilmeri giris ende zorm*《大いなる畏敬と尊厳を以て我が名を刻む》

〝他の子が友達と遊んでるのに、なんであたしだけ毎日毎日――〟

エイダ・ユン。娘は生まれた時から専用《せんよう》の祓戈《ジル》を与《あた》えられ、物心がつくと同時、祓名民《ジルシエ》としての教育を受け始めた。

祓名民《ジルシエ》としての修行《しゅぎょう》。その過酷《かこく》な鍛錬《たんれん》は、控《ひか》えめに言っても常軌《じょうき》を逸《いっ》するものだ。その訓練は陽《ひ》の昇《のぼ》る前より始まり、終わりはない。筋肉《きんにく》が悲鳴を上げ骨《ほね》が泣き、呼吸《こきゅう》すらままならない状態《じょうたい》でなお鎗《やり》を振《ふ》り続ける。精神《せいしん》が摩耗《まもう》し意識《いしき》を失って、ようやくその日一日の修行が終わるのだ。

送還（みおく）る者の、始にして頂
Lor be se Gillisu feo olfey cori ende olte

〝辛《つら》いとかそういうのじゃない。ただ……あまりにもくだらないんだ〟

ユン家の一人娘として、それはすなわち、いずれは自分の後を継《つ》ぐ者として。

自分を含《ふく》め、周囲の期待はあまりに大きいものだった。だからこそ、娘に課した鍛錬も相応《そうおう》に苛烈《かれつ》なものだった。成人男性でも音《ね》を上げる鍛錬を、まだ学校に行く歳《とし》にすら達《たっ》しない幼《おさな》い少女がこなす。できなくて当たり前。これは最初から、挫折《ざせつ》を学ばせるためのものだった。

誰《だれ》もが無理だと思っていた。自分も、娘が音を上げるものと思っていた。

――だが、娘はその修行に耐《た》え切った。

熾烈《しれつ》な鍛錬をただ乗り越《こ》えただけではない、娘の鎗術《そうじゅつ》に対する習得速度は異様《いよう》なものだった。まだ十を少し過《す》ぎた年齢《ねんれい》でありながら、自分を除《のぞ》くなら娘の技量《ぎりょう》を上回る者がすぐには思い浮《う》かばないほど。

その才能《さいのう》は才能という言葉すら超え、狂気《きょうき》と喩《たと》えた方が正確なのかもしれない。それこそ、父である自分が恐《おそ》ろしく感じるほどに。

恐ろしい、だが同時に、それは自分にとって最高の誇《ほこ》りでもあった。

紛《まが》うことなき天賦《てんぷ》の才。親馬鹿《おやばか》と言われようと、外へ出かけた時は娘の自慢《じまん》話に夢中《むちゅう》になっていた。娘の訓練の最中は、娘に気づかれない場所で、ずっとそれを見守っていた。

それだけ娘を愛していたのは、今なお胸《むね》を張《は》って宣言《せんげん》できる。

祓戈《ジルシュヴェッサー》の到極者。とある条件《じょうけん》を満たした時に冠《かん》することを許《ゆる》される後名。祓名民《ジルシエ》としての訓練を修《おさ》める者の多くが三十代にようやくその後名を許される。自分が二十四でそれを付《ふ》与《よ》された時、周囲からどれだけ持て囃《はや》されたことか。

エイダ・ユン・ジルシュヴェッサー。

それを、わずか十六歳の少女が冠することの特異性。異常性。

認《みと》める者、尊敬《そんけい》に値《あたい》する者は今まで何人も見てきた。だが娘に対してはそれすら超えた、ある種畏怖《いふ》の感情を禁《きん》じ得ない。

祓名民《ジルシエ》の最も気高き血。最も濃《こ》き血。先人より受け継いだ全《すべ》ての技術《ぎじゅつ》と歴史を受け継ぎ、さらにそれを凌駕《りょうが》し昇華《しょうか》させるに足る、至高器《いとたかきほまれ》。

しかし――

〝あたしは、もうこんなつまんない生活はこりごりだ〟

あの夏。あの暑い日の夜更《よふ》け。

唐突《とうとつ》に、娘は自分の部屋に怒鳴《どな》り込んできた。

……いや、思えば、薄々《うすうす》と予感はしていたのかもしれない。

「エイダ。この道が、本当につまらないだけの道と思うか」

あの日返した言葉を再《ふたた》び呟《つぶや》く。

娘は泣いていた。何を思って泣いていたのかは分からない。

父《じぶん》に対する怒《いか》りか、哀《かな》しみか。自分の生まれた家系《かけい》が持つ定めの苦しみか、悔《くや》しさか。

〝親父《おやじ》こそ、そう思ったことはないの？　生まれた時からこれをやれって決められて、一生死ぬまで同じことの繰《く》り返し。それに疑問《ぎもん》を思ったことは本当にないの？〟

夢も望みも、全て遥か過去（うしろ）に捨ててきた

ole shan ilis, peg loar, peg kei, Hir et uniwa sm bid

Hir be qusi Gillisu xshao ele sm thes, neckt ele《その道、もはや振り返ることすら叶わず》

「……あるさ」

かつて、娘と対峙《たいじ》したときは意固地《いこじ》に「ない」と言い張っていた。

けれど、もう認めよう。あれは私の拙《つたな》い嘘《うそ》だ。

「祓名民《ジルシエ》の家系に生まれた者は誰だって一度は同じ疑問に辿《たど》り着く。——私だってそうだった」

庭園に植えられた大樹《たいじゅ》。その太い幹《みき》にくくりつけられた的。長きにわたる訓練の果てに幾千《いくせん》幾万の小穴《こあな》が穿《うが》たれた的。ただずっとその的に向かい鎗を突き出す日々。

「だが、それでもある日気づいたよ」

名詠士《めいえいし》に〈讃来歌《オラトリオ》〉があるように、祓名民《ジルシエ》に伝わる祀歌《まつりうた》。セラフェノ音語に隠《かく》された、その歌詞《かし》の語る意味に。

Hir be qusi Gillisu xshao ele sm thes, neckt ele《わたしの道はここに在り　他に無く》

誰に言われたわけではない。この道は、自分で選んだ道だった。

〃……親父、あたしには分からない〃
「分からないわけじゃない。お前がまだ気づかないだけだ」
「*gil*」、セラフェノ音語における『前』。
「*ilis*」、セラフェノ音語における『望み』。
祓名民《ジルシエ》の名の由来《ゆらい》。父がなぜこうも根本的なことを未だ伝えずにいたか。
願わくば、そのことを自ら悟《さと》って欲しい。
――『*gillisu*《誰よりも前で護る者》』
この道は、きっと誰かを……

四奏『守れる鎗《やり》の道行きを、教えてください』

1

分校、一階。ホールに設《もう》けられた休憩席《きゅうけいせき》に人影《ひとかげ》はなく、時折通路を過《す》ぎる足音を除《のぞ》き、ホールは真冬の湖のような静けさを保《たも》っていた。

……まあ、今って本当は授業《じゅぎょう》時間だから仕方ないけどさ。

その休憩席の端《はし》。テーブルに頬杖《ほおづえ》をついたまま、エイダはガラスの壁越《かべご》しにじっと外の景色を眺《なが》めていた。

「――自主勉強するにしてもなぁ」

ぺらぺらと、テーブルに置いた教科書を適当《てきとう》にめくっていく。そのページに記された内《ない》容《よう》をざっと流し読む。が、それもせいぜい数十秒。すぐに脱力《だつりょく》の吐息《といき》をこぼし、エイダはテーブルにうつぶせた。

机《つくえ》の上で本をじっと読むという行為《こうい》が、とにかく自分はだめなのだ。そう。外で身体《からだ》を動かしていた方がずっと楽。祓戈《ジル》を握《にぎ》っていた方が——

「あー、違う違う！」

……もうっ、何考えてるんだあたしは。

自分はもう祓名民《ジルシエ》じゃない。名詠《めいえい》を学ぶ生徒なんだ。

そう、祓戈《ジル》だって要《い》らない。……要らないはずなのに。

〝でも、それならどうして祓戈《ジル》を使って、今もこうして練習してるんですか〟

「……そうだね、どうしてなんだろう」

テーブルに寝《ね》そべったまま、視線だけを天井《てんじょう》の照明へ。

昨日のネイトからの問いかけには、正直言葉に詰《つ》まった。

骨《ほね》の髄《ずい》まで染《し》み込《こ》んだ祓戈《ジル》の感触《かんしょく》。鎗術会《そうじゅつかい》という部活に入ったのだってそうだ。やめたくてやめたくて、なのに、気づいた時には鎗《やり》を振《ふ》るってる自分がいる。

もう一度同じ問いに遭遇《そうぐう》した時、自分はなんて答えればいいんだろう。

脱力するようにまぶたを閉《と》じ、数分——

ふと、微《かす》かな足音がホールに響いた。どうせ校舎《こうしゃ》の用務員《ようむいん》か誰かだろう。そう決めつけ、一度は開いたまぶたを再度閉じる。

だが。その足音は通り過ぎるどころか、自分のすぐ背後《はいご》で止まり——

「あれ。エイダ、どうしたの」

ん、この声？

聞き覚えのある声に、ゆっくりと顔を持ち上げた。眠気《ねむけ》の残るぼんやりとした視界の中、クラスメイトの少女がこちらを覗《のぞ》くように見下ろしていた。

「クルーエルこそ、今は授業《じゅぎょう》の時間でしょ？」

「うん。まあそうなんだけどね。なんか自習になっちゃったから」

飲み物の入った紙コップと自習用の教本を携《たずさ》え、対面にクルーエルが腰掛《こしか》ける。それを待って、エイダはやんわりと口を開けた。

「……ねえクルーエル、前から気になってたんだけど、ちび君と仲良いよね」

「ちび君て、ネイト？」

紙コップに口をつけつつ、彼女がぽかんと首を傾《かし》げる。

「そそ。ちび君から聞いたよ。夏休み、ずっと名詠の練習付き合ってあげてたんだって？」

「ずっとじゃないよ。わたしの時間ある時だけ」

けろりと、涼《すず》しい顔で答えるクルーエル。

わたしの時間ある時だけ――もっとも彼女のことだ、自分の使える自由時間は全《すべ》てという意味に違いない。

……あのね、それをずっとって呼ぶのよ。

「お姉さん役ってやつ？」

「そんなんじゃないよ。ただ、ちょっと放《ほう》っておけないっていうか」

「ま、十三歳《さい》だからね。おっちょこちょいな部分もありそうだし」

どうにも忙《せわ》しない彼の様子を思い描《えが》き、小さく苦笑《くしよう》した。転入した当日、実験室で名詠を暴発《ぼうはつ》させて真っ黒な煙《けむり》を詠《よ》んだのは今も記憶《きおく》に新しい。

「それもあるよ。でも他にも……色々とね」

色々の中身については、クルーエルは言ってこなかった。ただ彼女の表情《ひようじよう》を見るに、それほど底の薄《うす》いものでないことは想像《そうぞう》がつく。

「やれやれ、ちび君も大変だねぇ」

「ちび君も、って？」

耳聡《みみざと》く、友人は言葉の端《はし》を聞き返してきた。

「……えっとさ」

微かに、エイダは目を伏《ふ》せた。

「――たとえばね、クルーエル。もしウチのクラスにさ、ちび君以外にも独《ひと》りぼっちの子がいたとしたらどうする？」

「……たとえば、誰？」

その双眸《そうぼう》に緊張《きんちょう》を映《うつ》し出し、彼女が押《お》し殺した声で聞いてくる。

「たとえば、あたしとか」

しかし、自分がそう口にした途端《とたん》。

「あー、平気。それは無いから」

ぱたぱたと、気軽な口調でクルーエルは手を振ってきた。

「え、平気って？」

「まーったく、何を言い出すかと思えば。あなたが落ち込んでる姿《すがた》なんか見た日には学校中が大騒《おおさわ》ぎよ。生徒会が臨時《りんじ》の集会騒ぎ、新聞部が総《そう》動員で取材に来て、ミステリー調査《ちょうさ》会も原因《げんいん》の究明《きゅうめい》に動き出すってば」

……え、ちょ、ちょっとそれはひど――

「そもそもそんな質問《しつもん》、らしくないよ。いつもの体力馬鹿《ばか》で大騒ぎして先生に怒《おこ》られて、おまけに遅刻魔《ちこくま》のエイダじゃないと」

「……あ、あんたね」

表情を引きつらせながらも、何とか平静を保《たも》つ。うん、保ってるはずだ。あたしは冷静。決して、テーブルの下で拳《こぶし》を握《にぎ》りしめてなんかないぞ。

「――でも」

やおら、つい直前までのふざけた表情から一転。

「本当に何か困《こま》ったことがあったら、やっぱり話してほしいな。話を聞くだけでも、してあげられると思うから」

……相談か。それができればいいんだけどね。

胸《むね》の内だけで、エイダは首を横に振った。

親にも教師《きょうし》にも言えない悩《なや》み。相談しろと言うのは至極簡単《しごくかんたん》。だけど悩んでる人間にとっては、それこそが一番勇気の要ること。相談なんて、それができれば――

「『それができれば苦労はしない』、エイダ、もしかしてそんなこと考えてる？」

前触《まえぶ》れ無く、対面に座《すわ》る彼女がぴしゃりと言い切った。

いつになく強い声音《こわね》。まるで、その問いに絶対《ぜったい》の自信があるかのように。

「……何でそう思うの？」

「わたしが、ついちょっと前までそうだったからだよ」

粛々《しゅくしゅく》と、クラスメイトは告げてきた。

「……あんたが？」

「うん。こう見えてわたしだって、ずっと迷《まよ》いっぱなしだったんだから。こう言うと変に思われるかもしれないけどさ、学校に来るのも億劫《おっくう》な時があったくらいずっと迷ってた」

教室ではそんな素振《そぶ》り一切《いっさい》なかった。明るくて面倒見《めんどうみ》が良くて、そんな明るいイメージしか、エイダはクルーエルに抱《いだ》いてなかった。……でもきっと、彼女のそれは嘘《うそ》じゃない。そうじゃなきゃ、あたしの気持ちを先読みなんてできるわけがないから。

「でもその分ね、他の人の似《に》た気持ちも分かってあげられたらなって思うんだ」

胸に手を当て、しずしずと話す少女。

「だから、何かあったら言ってきてね。相談なんて堅苦《かたくる》しいことじゃなくて、学校の寮《りょう》でわいわい話を聞くことだってできるもん。わたしで良いならいつでも。友達でしょ？」

テーブルに頬杖《ほおづえ》を突《つ》いたまま、そのクラスメイトはにこりと微笑《ほほえ》んでみせた。

「…………」

「ん？　エイダ？　どうかした？」

「……なんでもないよ」

見つめてくる彼女から、エイダはそれとなく顔を背《そむ》けた。

話を聞いてあげる。彼女のその言葉はもちろんありがたい。だけど——悩みこそ違《ちが》えど、自分のように迷ってて、それでも頑張《がんば》ってる子がいた。その事実こそが、今の自分には嬉《うれ》しいことだった。

「ま、一応《いちおう》お礼は言っておくね。でも気にしないで、ただ言ってみただけだから」

そっと椅子《いす》から立ち上がり、二、三回その場で身体《からだ》を伸《の》ばす。

「あ、そういえばさ。エイダはどうしてこんな時間に休んでるの？」

「講義《こうぎ》担当《たんとう》のエンネ先生が体調崩《くず》したんだって。専攻《せんこう》生徒は休講みたい」

今日の朝唐突《とうとつ》に告げられた休講告知。部屋にいても暇《ひま》なのでぶらぶら校舎《こうしゃ》を徘徊《はいかい》、それにも飽《あ》きて、ホールで休憩《きゅうけい》していたというわけだ。

「あら、わたしのとこと同じか。うちも先生が風邪《かぜ》ひいたとかでさ」

「クルーエルの専攻って『*Keinez*《赤》』だっけ。先生誰？」

「んと、たしかゼッセルって先生。普段《ふだん》最上級生を教えてる先生だったかな」

……ゼッセル先生？

クルーエルの応《こた》えに、内心エイダは眉根《まゆね》を寄《よ》せた。

おかしい。エンネ教師の話を信じるならば、エンネとゼッセル両教師は、体調を崩していた教師の代理として合宿に参加したはず。その二人が、時同じくして体調不良？

「ねえクルーエル、昨日も『Keinez《赤》』の講義はゼッセル先生だったんだよね」

「うん。昨日は元気そうだったけど」

昨日は普通に講義ができていた。エンネ教師も同じだ。そしてもう一つ、自分の記憶《きおく》が確かならば——昨日の二人には共通点があった。

「あたし昨日、授業終わった後ゼッセル先生とすれ違ったけど、たしかあの先生、割《わり》とまともな服着てたよね。一日目の列車なんかラフなシャツ姿《すがた》だったのに」

「そう言われてみればそうね。珍《めずら》しいねって他の子も言ってたかも」

トレミア・アカデミーにおいては教師用の上着が支給《しきゅう》されているものの、基本《きほん》的に日常《にちじょう》の服装《ふくそう》は教師に裁量《さいりょう》が与《あた》えられている。ゼッセル教師はどちらかといえば、普段は割と軽装を好むタイプだったはず。

その教師がいつになく正装。それも真夏のこの時期に？

ざっと考えられるのは——大事な会議か場に出席、あるいは誰かがこの分校に来るか、逆《ぎゃく》に誰か要人の下《もと》へ行くか。

大事な会議か場。まずこれは考えにくい。本校ではなく分校で、しかも夏期休暇《きゅうか》の合宿中に重要な会議があるとは到底《とうてい》思えない。

だが、わざわざ客人を分校で迎《むか》え入れる必要性はない。本当に大事な用があるなら客人の方が本校に来るだろう。逆に、些細《ささい》な用件《ようけん》なら手紙でも何でも構《かま》わないはず。夏休み、それも合宿中の分校に要人が来るというのは現実的ではない。

ならば消去法で残るのは、誰か要人の下へ行くという選択肢《せんたくし》。

……思い出せ。昨日のエンネ教師の授業を。

あの時エンネ教師は模擬《もぎ》試験を生徒に与《あた》え、終わった者から即座《そくざ》に教室から出て行かせた。実際、自分を除《のぞ》くなら全《すべ》ての生徒が、実際の講義終了時間より早い時刻《じこく》に教室を後にしていたはずだ。

——講義終了時間を早める必要性があったとしたら？

そしてその時刻、自分は通路でゼッセル教師とすれ違った。エンネ教師から離れる自分とすれ違う。すなわちゼッセル教師が歩いていた方向は、エンネ教師が講義を担当していた教室。つまりあの後、ゼッセルとエンネ両教師は二人でどこかに行く予定があった？

どこかに行って……そして現在、二人は何かしらの理由で教鞭《きょうべん》がとれない状態にある。

それを裏付《うらづ》けるのは臨時《りんじ》の休講。もし事前にこの休講が分かっていれば、教師側もあらかじめ二人の代役を立てていたはず。つまりこの休講、教師側にとっても不測《ふそく》の出来事だった可能性が高い。

「ねえエイダ、ちょっと不自然な感じしない？」

自習用の教本を片手《かたて》に、クラスメイトの少女が立ち上がる。やはりと言うべきか、クルーエルも同じ疑問を持ったらしい。

「まあ、やたら変な感じするわね。クルーエル、どうする？　時間ある？」

「いいよ。どうせ休講だし、このまま腑《ふ》に落ちないのも嫌《いや》だから付き合ってあげる」

互《たが》いに目配せし、そして二人は互いに相手から背を向けた。確かめることは——体調を悪くしたという教師二人が、本当に今この分校にいるのかどうか。

恐《おそ》らくは、二人はこの分校にはいない。

そうだとして、二人が急遽《きゅうきょ》外に行く理由は何だ。

「クルーエルは一階の看護室お願い。あたしは二階、教師の控《ひか》え室覗《のぞ》いてみるよ」

コン、小教室の扉《とびら》が小さくノックされた。

手元の試験用紙から視線を持ち上げる。扉が開き、そこには黒髪長身の少女が。

「おいっす、ネイティ。こんな教室に一人で何してるのさ？」

「あ、サージェスさん。おはようございます」

両手にレポート用紙と筆記具を携《たずさ》えた彼女。その後ろの通路では、何やら数十人の生徒たちがまとめてどこかに移動《いどう》している。

「あれ、どこか行くんですか」

「うん。『*Surisuz*《黄》』専攻《せんこう》者はみんな海辺に集合だってさ。センセが模範演技《もはんえんぎ》見せてくれるんだって。その後は自由時間になるっぽいし」

「模範演技ですか、楽しそう」

　いや、まあ見てるだけってのも眠《ねむ》たくなるんだけどね——あっけらかんといった面持《おもも》ちで呟《つぶや》き、彼女は肩《かた》をすくめてみせた。

「興味あるならネイティもこっそり来る？」

「……僕、まだ歴史学の単位取れてないんですよ。この補講《ほこう》期間中に取りましょうって、ケイト先生がつきっきりで教えてくれてて」

「あれ。ていうか、その肝心《かんじん》のケイト先生は？」

　きょろきょろと教室内を見回し、サージェスが首を傾《かし》げる。

「なんか今日の朝に急用が入ったみたいです。『午前中は昨日の箇所《かしょ》の小テストやってて』って言ったきり、どっかに行っちゃいました」

「あらら。まあ頑張《がんば》りなさい、少年」

　そう告げ、彼女がきびすを返す。そのまま教室の扉を閉《し》めて出て行く、そう思いきや。

「あ、そうそう」

背を向けた姿のまま、彼女は思い出したように言ってきた。

「ネイティ、そういやあたしがこの前言った、屋上に行ってみなっていうのはどうなった？　会えた？」

「はい、エイダさんですよね」

「どう思った？」

ひどく抽象《ちゅうしょう》的な彼女の問いに、ネイトは天井《てんじょう》を見上げつつ。

「どうって……すごいなぁって。鎗術会《そうじゅつかい》にも入ってるし、他にも……えと、祓名民《ジルシエ》でしたっけ。それも習わされているんだとか」

「そっか、まあそう見えるかな」

こくりとサージェスが頷《うなず》く。その納得《なっとく》にも似《に》た仕草のまま。

――習うなんて……そんな生やさ……………じゃないらしいけど――

「え？」

背を向けたままの彼女の言葉。あまりに微《かす》かな声音に、最後まで聞き取ることができなかった。

「あ、あの」

今なんて。そう訊《たず》ねる前に、やおら彼女はこちらへと振《ふ》り向いた。

「あたし寮《りょう》があの子と相部屋だからさ、色々聞いてるの。……ネイティ、エイダの件《けん》は、あまり他の人に喋《しゃべ》っちゃだめだよ」

「は、はい」

理由は訊《き》けなかった。そう告げる彼女の声音が、とても悲しげだったから。

「あの子が、自分からそれを言えるようになるまでね」

「エイダさんが、ですか？」

「うん。あの子、自分が『違《ちが》う』ってこと、すごく意識《いしき》しちゃってるから」

――違う？　それってどういうことだろう。

こちらの困惑《こんわく》に気づいた様子もなく、彼女が扉によりかかる。いつになく弱々しい双眸《そうぼう》は、教室の窓《まど》を越《こ》えた、さらに遠くの場所を見つめていた。

「ばかだよね、あの子。自分がそっちだから仲間外れなんじゃないかって、いつか嫌《きら》われるんじゃないかって、ホントはいつも気にしちゃってるんだよ……そんなわけないのにさ」

「あ、あの。それってどういうことですか。僕《ぼく》、エイダさんのこと嫌ってなんか――」

「ううん、あの子が勝手に思い込んじゃってるだけ。ネイティの気にすることじゃない。

「……だけどね、ネイティ、これだけは覚えておいて」

ふたたび、彼女が背を向ける。

「ネイティとは違う理由で、昔、あの子も独《ひと》りぼっちだったんだ」

‖

分校二階、連絡室《れんらくしつ》。無線のための機材に向け、ケイトは極力《きょくりょく》平静にと努めた。

「ゼッセル先生、あるいはエンネ先生からの連絡……やはりそちらもありませんか」

「本校側には来てないな」

通話先の相手は、ただ淡々《たんたん》と事実を述《の》べてきた。

「ケイト、もう一度確認せてくれ。ゼッセルとエンネがケルベルク研究所へと発《た》ったのが昨日の午後一時過《す》ぎ。それ以降《いこう》二人からの定期報告《ほうこく》が途切《とぎ》れたわけだな」

「——はい」

壁《かべ》にかかる時計は現在九時半。

二人の姿を分校で最後に確認《かくにん》した時から、既《すで》に二十時間が経過《けいか》している。

「現在こっちは、学園長が臨時の用で外出だ。かといって俺から勝手な指示《しじ》を出すわけにもいかないからな……生徒はどうしてる？」

「休講処置《きゅうこうしょち》をとっています。全《すべ》ての講義《こうぎ》を取り消すと生徒側も不審《ふしん》がるでしょうし、他の講義は予定通りです」

数秒、通話先の相手が沈黙《ちんもく》する。

ミラー・ケイ・エンデュランス。

ゼッセル、エンネ教師《きょうし》と同期の教師であり、今はトレミア・アカデミーの情報《じょうほう》処理部門にも籍《せき》を置いている知識人。

「たしか、君の方も午後から講義があるはずだったな」

「ええ。午後からは全ての教師に講義予定が組まれています」

今はまだ自分の手が空いている。しかし午後になれば、連絡を絶《た》った二人の対応《たいおう》にあたれる教師がいなくなる。本来なら早急《さっきゅう》に対応班を設置《せっち》するべきなのに。

「……怪《あや》しいのは、言うまでもないな」

無線機の声に小さく首肯《しゅこう》する。ケルベルク研究所支部《しぶ》、やはりあの場所で何かが起きたと考えるのが自然。

「わたしが――」

「だめだ」

わたしが偵察《ていさつ》に。そう言い終えることすら許《ゆる》されなかった。

「あの二人もそれなりに警戒《けいかい》して赴《おもむ》いたはずだ。万全の用意をしていた二人が、なおどうしようもない状況《じょうきょう》に陥《おちい》るような場所だとすれば、君一人で行くのはあまりに危険《きけん》だ。二人、いや最低三人のチーム《スリーマン・セル》を組んで行くべきだ」

それは……そんなことはわたしだって知っている。

自分はまだ教師として着任したばかりの半人前。経験《けいけん》も知識も足りないこと、他ならぬ自分が一番よく分かっている。

「今日の夜七時までに二人から何かしらの連絡がない場合、夜八時の列車で俺もそちらに向かう。それまでは待つんだ。同僚《どうりょう》を信じて」

一方的に回線が切られる。

壁に掛かった時計を一瞥《いちべつ》。夜七時まで、優《ゆう》にまだ十時間を残している。

だけど……それまで待てるわけがないじゃない。

仮《かり》に何かしらのアクシデントに巻《ま》き込《こ》まれても、あの二人ならいくらでも連絡の手段《しゅだん》を名詠《めいえい》できるだろう。それすらない状態《じょうたい》、それはどれほど深刻《しんこく》な状況なのか。

——やっぱり、せめて遠巻きに研究所を見てくるぐらいは。

教師にあてがわれたロッカーへと向かう。人工の宝石《ほうせき》、自分が調合した触媒《カタリスト》。自分の最も扱《あつか》い慣《な》れた触媒《カタリスト》を持てるだけ、服の裏地《うらじ》に仕込まれた収納部《しゅうのうぶ》に隠《かく》し入れる。

「……二人とも、どうかご無事で」

若葉《わかば》色のスーツを羽織《はお》った教師が通信室を出、急ぎ足で通路を進む。通路に響《ひび》く彼女の足音に自らの足音を重ね、エイダはそっと教師の背を追った。

──ケイト先生、どこかへ行く気？

教師の足取りに迷《まよ》いはない。二階から一階へ。そして玄関《げんかん》フロアを出て校舎《こうしゃ》の外へ。

……しまったな。

予想以上に教師の行動が迅速《じんそく》であったことに、エイダは苦虫を嚙《か》みつぶした。

部屋の外壁に密着《みっちゃく》し聞き耳を立てたものの、部屋内で喋《しゃべ》るケイト教師の声はほとんど聞き取れなかった。いや、万一にも周囲に聞こえぬよう、教師の方が意図的に声量を抑《おさ》えていたのだ。

ただ一つ分かることは、今から自分の担任《たんにん》教師がどこかへ向かおうとしていること。

僅《わず》かに開いている扉から内部を窺《うかが》う。よほど急いでいたのか、開きっぱなしのロッカー。察するに、名詠用の触媒《カタリスト》まで念入りに選んでいたらしい。

──やっぱりだ、ちょっと物々しすぎる。

教師の表情に浮《う》かぶ緊張《きんちょう》も、普段《ふだん》のそれと明らかに異《こと》なる。

さて、どうする？

今からではクルーエルに連絡《れんらく》しているだけの時間がない。動き出すのは午後かと思っていたが、まさかこの時刻《じこく》からとは。

仕方ない、自分だけでも後を尾《つ》け——ん？

ふと背後《はいご》に感じる気配、無意識のうちに振《ふ》り返る。

「あれ、エイダさん？」

そこに、深い夜色の髪《かみ》をした、まだ幼《おさな》い顔立ちの少年が立っていた。

2

研究施設《しせつ》。薄暗《うすぐら》い小部屋で息を殺し、扉向こうの気配を探《さぐ》る。

扉に耳を当てること数秒——あの生物たちが近づいてくるような物音はない。十秒……二十秒。優《ゆう》に一分は聞き耳を立てていたが変化はない。

……ふう。肺《はい》の中の澱《よど》んだ空気をエンネはようやく吐《は》き出した。

「ひとまずここは安全みたいね」

直線の続く通路を脇《わき》にそれた小部屋。数人分のソファに楕円形《だえんけい》のテーブルが目に付く、おそらくは休憩室《きゅうけいしつ》か。

「腕《うで》、どう？」

ソファの背にもたれかかるゼッセルへと振り返る。苦笑混《くしょうま》じりに、同僚は動く右腕で石化した左手を叩《たた》いてみせた。

「どうと言われても、別段痛《いた》いわけじゃないし違和《いわ》感もない。ただ、どうやっても肩から先が動かないけどな」

玄関ホールに隠《かく》れ潜《ひそ》んでいた灰《はい》色の蛇《へび》と石竜子《トカゲ》。そして同様に、あの石化した研究所職員も多くが玄関付近に集中していた。彼らがあの蛇と石竜子《トカゲ》の軍勢《ぐんぜい》にやられたことはまず間《ま》違《ちが》いあるまい。

「あれだけの名詠生物。一人で全部詠《よ》び出したとは考えづらいな」

視線《しせん》をテーブルへ向け、彼が押し黙《だま》る。そう、それは自分も疑問《ぎもん》視していたこと。

――けれど、今はより早急《さっきゅう》に、優先《ゆうせん》させて考えなくてはいけないことがある。

「さしあたって、あなたの左腕を治すことを考えないとね」

まずゼッセルの言うとおり、あれは名詠生物だと思った方がいい。

現在《げんざい》のところ判明《はんめい》している事実は、あの生物たちが例外なく灰色だったということ。そして、この研究所の至《いた》る所に積もった大量の灰。そして、灰色の表皮を持つ生物たち。両者に関係性がないとは考えにくい。

あの灰の中に蛇と石竜子《トカゲ》は隠れていた。しかしこれらが実は、名詠生物の隠れ家ではなく、本来名詠の触媒《カタリスト》として用いられたものだとしたら？

「燃《も》えがらの灰を触媒《カタリスト》に？　そんな名詠聞いたことないぞ」

「まだ判断《はんだん》材料が少なすぎて何も分からないわ。とにかく今は、あの生物たちが名詠生物であると仮定《かてい》して動きましょう。そう考えればある程度《ていど》納得《なっとく》がいくわ。そして、そう考えることのメリットもある」

「メリット？」

オウム返しに訊ねてくる彼の左手を、エンネは凝視した。

「この現象が名詠生物によりもたらされたものならば、あなたの石化した腕も職員たちも、治す手段がある。腕を石にしている名詠効力《こうりょく》を送り還《かえ》せばいいはずだから」

「――反唱か」

名詠生物の中には毒の牙《きば》を持つ種も存在《そんざい》する。その毒は名詠生物本体が消えてもなくなることはなく、毒そのものを還すことで対処《たいしょ》するのが常套《セオリー》。その応用《おうよう》として試みる価値《かち》はある。

「ほんとはそっち専門《せんもん》の祓名民《プロ》がいればいいのだけど。わたしだと時間かかるかも」

スーツの内側から、液体状《えきたいじょう》の触媒《カタリスト》が入ったフラスコを取り出す。

「ここで焦《あせ》ったって仕方ないだろ。のんびりやってくれ」

達観したかのように、幼馴染《おさななじ》みは飄々《ひょうひょう》と言ってきた。

＝＝＝

「……ケイト先生、どこ行くんでしょう」

心もち抑《おさ》えた声で、ネイトは先を行くエイダの背中《せなか》に訊《たず》ねた。

「ま、尾《つ》いてけば分かるよ」

日焼けした肩をすくめてみせる彼女。

回答を終えた試験用紙を抱《かか》え職員室に向かう、その途中《とちゅう》のことだった。

〝ちび君。念のためさ、あたしと一緒《いっしょ》についてきて〟

言われるままにケイト教師《きょうし》の後を追って、もうどれだけ歩いただろう。十分、もしかしたら数十分？　尾行《びこう》という慣《な》れぬことの緊張《きんちょう》と疲労《ひろう》で、時間感覚が麻痺《まひ》している。

教師の進む道は砂浜《すなはま》に面した一本道。周りには痩《や》せた木立がまばらにある程度。後を追う際に身を隠す場所が限《かぎ》られている。おまけに足下《あしもと》は砂利《じゃり》地。足を踏《ふ》み出すたびに足下の砂が弾《はじ》け、小さな足音を立ててしまう。

そのはずが――聞こえる足音は、先を行く教師と自分の二つだけだった。

自分のすぐ前を歩いているはずの少女の足音が、ぞっとするほどに静かなのだ。

砂地に足跡《あしあと》すら残さない無音の歩行術《じゅつ》。砂浜で、彼女が鎗《やり》の訓練をしていた時のことを思い出す。あの時も、砂浜には足跡が残っていなかった。

……これも、祓名民《ジルシエ》の訓練で培《つちか》ったことなのかな。

祓名民《ジルシエ》──名詠《めいえい》を送り還す者。名詠士とまるで対照的な人間。

〝ネイト……名詠って、なに？〟

かつて病床《びょうしょう》の母が伝えてきた、あの言葉。

〝名詠とは自分を詠《よ》ぶためのもの。わたしはそう思ってるの。自分の心を形にして詠び出すことが本当の名詠式だと思ってる〟

あの日の母の言葉を信じるならば──自分の心そのものを名詠によって詠び出すならば、なぜそれを送り還す必要があるんだろう。

……お母さん、僕ね、まだ分からないかもしれない。

他ならぬ母の言葉、信じたいに決まってる。けれど、祓名民《ジルシエ》として一生懸命《けんめい》生きている人たちがいることも、紛《まぎ》れもない事実。

「あ、あのエイダさん」

「ん？　なに、ちび君？」

「い……いえ、ごめんなさい。何でもないです」

胸《むね》の奥《おく》のしこりを残したまま、ネイトは口をつぐんだ。

僕には分からない。ねえ。エイダさんも、そうなんですか？

名詠士も祓名民《ジルシエ》も捨《す》てられなくて、でもその歌と鎗の間に挟《はさ》まれたまま動けなくなっちゃって、だからこんなに苦しんでるんですか？


先を行く少女の背中は、何も語ってこなかった。

沈黙《ちんもく》したままの彼女。一歩だけ、ネイトは彼女との距離《きょり》を詰《つ》めた。

少しでも、彼女との心の距離が近づくことを信じて。

──ケルベルク研究所、フィデルリア支部《しぶ》。

道の先に、そう刻《きざ》まれた案内板が見えてきた。


灰《はい》色と化した左腕。石化したその表面にぴしりと罅《ひび》が入っていく。亀裂《きれつ》。それは指先から始まり肘先《ひじさき》まで伸《の》びて──

「おい、これ」

まずいんじゃないか。同僚《どうりょう》が言い終える前に、エンネはその口元に手をあてた。

「平気。動かないで」

そう告げる自分の視線《しせん》は、あくまで彼の肩先。

……よし。鋳の内側から、淡《あわ》い白光が洩《も》れだした。水蒸気《すいじょうき》が立ち昇《のぼ》るように、光の粒《つぶ》が少しずつ部屋の天井《てんじょう》へと昇《のぼ》っていく。反唱《はんしょう》の効果《こうか》が現《あらわ》れている証拠《しょうこ》でもある。

白光の粒と共に、石化した灰色の部分までもが併《あわ》せて剝《は》がれ、そして。

「さて、どうかしら」

色を取り戻《もど》した左肩に安堵《あんど》の吐息《といき》をこぼし、エンネは額《ひたい》に浮《う》き出た汗《あせ》を拭《ぬぐ》った。

言われるまま、彼が左肩に力を込める。

「……動く。痛《いた》みも違和《いわ》感もないな」

ゼッセルの様子を見る限《かぎ》り、石化する前とまるで変わりない。正直、治癒《ちゆ》したとしても何かしら後遺症《こういしょう》が残るものと互《たが》いに覚悟《かくご》していたのだが。

「不幸中の幸いってやつか」

「あら、わたしに謝礼《しゃれい》は？」

すると、幼馴染《おさななじ》みは妙《みょう》にあどけない笑《え》みを浮《う》かべてきた。

「帰ったら新品の浮き輪買ってやるよ」

「期待してるわ」

一瞬《いっしゅん》口元をゆるめたものの、すぐにエンネは表情《ひょうじょう》を引き締《し》めた。

「一つ分かったことがあるの。一応『*Sursuz*《黄》』・『*Beorc*《緑》』も試《ため》したけど、そっちでの反唱は効果《こうか》が薄《うす》かった。効果があったのは『*Arzus*《白》』。無理やりカテゴライズするならば、この名《めい》詠《えい》は『*Arzus*《白》』に近い」

「……近いって、どういうことだ？」

効果があったのは確かに『*Arzus*《白》』。けれど実際《じっさい》にやってみて、自分の知る『*Arzus*《白》』とは何かが違《ちが》ったのだ。『*Arzus*《白》』の亜種《あしゅ》……ううん、そこからさらに派生《はせい》し変化した名詠？

学術的に言うなれば、五色の内の白色名詠。反唱が効くのだから、それは間違いないと思う。だけど、完全にそれと位置づけてしまうのは相応の危険《リスク》を伴《ともな》う。

「便宜上《べんぎじょう》今は、これを『*Isa*《灰色》』とでも言った方がいいかもしれない」

そう。つまり灰《はい》色名詠。

それも、ただ灰色の物を詠《よ》ぶだけじゃない。相手を灰色に、すなわち石にする名詠なんだ。そう仮定すればほぼ全《すべ》ての現象の説明がつく。

「灰色名詠？　んな色そうそう認《みと》められるのか？」

怪訝《けげん》な表情《かお》つきで同僚が口を挟んでくる。むろん彼の言い分も分かる。この世界に存在《そんざい》する名詠式は全部で五色。例外はない。そう自分も信じていた。

「でも、わたしたちはその例外を知っている」

夜色《よるいろ》名詠という名の例外。

夜色の歌い手を、その詠《うた》を、その真精《しんせい》を、わたしたちは目《ま》の当たりにしたのだから。

「……まあそうだけど」

憮然《ぶぜん》とした面持《おもも》ちで彼が押し黙《だま》る。

「夜色名詠を異端《いたん》とするなら、灰色名詠はさしずめ『*Arzus*《白》』の突然変異《とつぜんへんい》。それも、ものすごく攻撃《こうげき》的な変異ね」

本来好戦的な生物が少ないはずの白色名詠。それが、研究所一つを丸々落とすほどに凶《きょう》悪《あく》な攻撃色になるなんて。

「気にくわないって表情だな」

「こんなの、本当の名詠の使い方じゃないわ」

これが『*Arzus*《白》』の派生形ならなおさらだ。どんな理由があろうと、こんな非道《ひど》い真似《まね》は間違ってる。

「なあ、ここの研究員たちも治せそうか」

……そうしたいのは山々なんだけど。

「ただ、今ここでそれをしてる時間的な余裕《よゆう》はないわよ」

もうかなりの時間、外部との連絡《れんらく》を閉《と》ざしてしまっている。分校、あるいはトレミア本校でもその状況《じょうきょう》に混乱《こんらん》していることだろう。本来一刻《いっこく》も早く連絡をとらなくてはなるまい。が、大量の名詠生物群《ぐん》が今も退路《たいろ》を塞《ふさ》いでいるはず。

「ひとまずここの研究所の奥《おく》へ行きましょ。これだけ大きな施設《しせつ》なんだから、緊急避難《きんきゅうひなん》通路の一つや二つあるはず。厄介《やっかい》な連中が群《む》れてる出口より逆《ぎゃく》に楽かもしれない」

体温を取り戻した左腕を軽く回しつつ、腰掛《こしか》けていた同僚がソファから立ち上がる。

「気乗りはしないけど、他に選択肢《せんたくし》ないもんな」

疲《つか》れた表情で頷《うなず》くゼッセル。その肩に手をやり、せめて自分も頷いてみせる。もはやそれくらいしか、できることが思いつかなかったから。

――急ぎましょう。わたしたちもそろそろ体力が限界《げんかい》に近い。

3

ケルベルク研究所？　こんな場所に、ケイト先生が何の用なんだろう。

案内板に刻《きざ》まれた見覚えのない名に、エイダは内心眉《まゆ》をひそめた。前方にうっすらと確《かく》認《にん》できる、何かの巨大《きょだい》な施設。おそらくはあれが研究所なのだろう。

ちび君、そろそろ気をつけて。そう口にしようという矢先。カッン、歩道に突き出た岩に、ネイトの靴先《くつさき》がぶつかった。ぁっ……少年が小さく悲鳴を上げる。

「誰《だれ》っ？」

途端《とたん》、前方を行くケイト教師《きょうし》が弾《はじ》かれたようにこちらへと振《ふ》り返ってきた。

あちゃ、まずぅ。慌《あわ》てて最寄《もよ》りの木々に身を隠《かく》す。

「ご、ごめんな——うぎゅっ」

だめ、静かに！　声に出して謝《あやま》ろうとするネイトの口を無理やりふさぐ。が、そうするやいなや、前方の教師が声を張《は》り上げてきた。

「そこ、誰かいるの！」

薄々《うすうす》、尾行《つけ》られているという予感はしていたのだろう。教師のそれは疑問《ぎもん》ではなく確信の声音《こわね》だ。

「エ、エイダさん。どうしましょう」

……どうしましょうと言われてもねえ。

「あと五秒待ちます。それまでに出てきなさい」

あのね先生。そう言われて出て行く輩《やから》がどこに——

「出てこないなら、その木々一帯に名詠《めいえい》で大粒《おおつぶ》の雹《ひょう》を——」

「なっ……ま、待って、タイム、先生早まらないで！　ほらあたしあたし。先生の可愛《かわい》い可愛い生徒だから！」

沈黙《ちんもく》。

ややあって、教師は呆《あき》れ気味に言ってきた。

「あいにく本物のエイダなら、教師の前ではきちんと姿《すがた》を見せると思うのだけど」

本物のエイダならって……既《すで》にエイダ《あたし》だって分かってるくせに。

一度大きく嘆息《たんそく》し、エイダは木陰《こかげ》から歩道へと歩を進めていった。

「うー、分かりましたー。あたしたちの負け！　ほら、ちび君も出た出た！」

「う、うわっ。……エイダさん、いきなり蹴《け》るのひどいです」

「ネイト君まで？　あなたたち、一体どうしたの」

呆れ半分驚《おどろ》き半分の眼差《まなざ》しで見つめてくる担任《たんにん》教師。

「いやぁ先生、偶然《ぐうぜん》ですね。あたしたち、たまたま散歩がしたくなりまして」

精一杯《せいいっぱい》ごまかし笑いを浮《う》かべたものの。

「あ、あの。ケイト先生の行き先が気になるってエイダさんが」

「うわっ、ちび君裏切《うらぎ》り者！」

プレッシャーに負け、隣《となり》の優良真面目《まじめ》少年があっさり吐《は》いてくれた。

「ふぅん。エイダがねぇ。エイダ、もちろん話してくれるわよね？」

「え……ええとっ……そのですね、何と言いますか」

――先生、触媒《カタリスト》持ちながら脅《おど》してくるの恐《こわ》すぎなんですけど。

‖

「ここが研究室か」

周囲を一通り眺《なが》め、ゼッセルは腕《うで》を組んだ。

巨大な研究部屋。周囲に散見する各種実験装置《そうち》。溶液《ようえき》に満たされた、半透明《はんとうめい》の水槽《すいそう》。共通点と言えば、それらが例外なく破損《はそん》しているということ。そしてここにも数体、石化した職員《しょくいん》の姿。

研究所の至《いた》る所で見られる、石化した職員たち。つまりこの現象は研究所全体に関わる出来事だったということか。

職員間での抗争《こうそう》か。あるいは――

「得体の知れない何者かの襲撃《しゅうげき》、というところかしら」

低く抑《おさ》えた声でエンネが呟《つぶや》く。瞬《まばた》き一つせず、彼女はじっと正面の文字を見据《みす》えていた。

Lastibyt ; miquvy Wer shela -c- nixer arsa《ラスティハイト：敗者の玉座に佇む者よ》

メインルームにそびえる白亜《はくあ》の中央柱。高価《こうか》な石材を用いて建てられたであろう室内用の石碑《せきひ》に、緋《ひ》色の塗料《とりょう》で刻《きざ》まれた歪《いびつ》な字体のセラフェノ音語。

「ラスティハイト。何かの名前？」

――いや、これは。

「人名だ」

足早に石碑に近づき、擦《こす》るように指先でその石肌《いしはだ》を削《けず》る。さらりと、微かに剝《は》がれ落ちる塗料。いや、塗料の役割《やくわり》を果たしていた物。

どす黒い赤。なるほど、血液《けつえき》ってわけか。

「二年……いやもっと前、三年前かな。カインツが、確かその名前の奴を探してた」

「カインツが？」

目を細め、同僚《どうりょう》が薄紙一枚分顔をこちらへと向けてくる。

「理由までは聞かなかった。だけどこんな奇妙《きみょう》な名前、それ以外に聞き覚えない」

黒く変色した血文字から目を逸《そ》らす。

奥へと続く通路。壁《かべ》に貼《は》られた間取り図――この先が最奥《さいおう》、最も広いメインホールになっているらしい。

「急ぎましょう。あまり長居《ながい》するような場所じゃないもの」

先導《せんどう》するようにエンネが通路へとつま先を向ける。その背中を追おうとし、だがその直前にゼッセルは足を止めた。

研究室内に幾度《いくど》となくこだまする、機械的な呼《よ》び出し音。

「ブザー？」

誰かが来た。可能性《かのうせい》としては、自分たちを探《さが》しに来たトレミアの教師《きょうし》。

「……だけど、まずいな」

あの玄関《げんかん》ロビーには、危険《きけん》な名詠生物たちが今も息を潜《ひそ》めて隠《かく》れているのに。


「――で、わたしの行き先が怪《あや》しいからって後をついてきたのね」

エイダの言い訳《わけ》じみた白状《はくじょう》に、ケイトは大げさに目元を押さえた。

「だって気になるんだもん。エンネ先生もゼッセル先生も分校校舎《こうしゃ》にいないだなんて、探したくなっちゃいますよ」

悪びれることなくうそぶく教え子。まったくもう……推測《すいそく》というか嗅覚《きゅうかく》というか、こういう時だけ鋭《するど》いのも困《こま》りものだ。

「で、先生ここ何？」

眼前《がんぜん》のケルベルク研究所を、のほほんとした様子でエイダが指さす。

「知り合いの研究所よ」

「いや、まあそれは分かりますってば。どっちかと、気になるのはエンネ先生とかゼッセル先生とかが分校校舎にいない理由でして。ケイト先生がこんな場所に来るのも、何か関係があるのかなーと」

何か、まだ特別な理由があるんですね——白々しくも、言外にそう告げてくる。

「それに関しては、正直わたしにも分からないわ」

視線《しせん》を前方へ。鈍《にび》色の壁に囲まれた施設《しせつ》が肉眼《にくがん》でも把握《はあく》できた。

ケルベルク研究所、フィデルリア支部。〈孵石《エッグ》〉を精製《せいせい》し、そしてトレミア・アカデミーへと持ち込んだ研究所。

ゼッセル・エンネ両教師が訪《おとず》れたはずの場所。自分の教え子をこれ以上同行させるのはあまりに危険。なのだが……あいにくここまでついてきてしまった時は、どうするべきか。今から帰れと言われてすぐ帰るような雰囲気《ふんいき》でもない。

それに、もう一つ。既《すで》に最悪の状況《じようきよう》が研究所内で起きていた場合、誰かを分校への連絡役として必要とする可能性《かのうせい》も零《ゼロ》ではない。わたしが帰るよう指示《しじ》した時は、何があってもそれを優先《ゆうせん》すること」

「……あなたたち、一つ約束して。わたしが帰るよう指示した時は、何があってもそれを優先《ゆうせん》すること」

こくんと頷《うなず》く両生徒。それを確認し、ケイトは研究所の敷地《しきち》に足を踏《ふ》み入れた。

「あの、勝手に入っちゃっていいんですか？」

「トレミアとの協力機関だから。トレミアの教師とケルベルク研究職員《しょくいん》は、相互《そうご》施設への出入りが許《ゆる》されてるわ」

……それにしても、この静けさは何。

敷地に人ひとりとして姿がない。この不自然な静寂《ざわめき》、逆に鼓膜《こまく》が痛《いた》む。

──本当に、ゼッセル教師とエンネ教師がここに？

施設の正面扉脇《とびらわき》に備《そな》え付けられたブザーを押す。扉一枚を通じて、内部で呼び出し音が鳴り響いていることが伝わってくる。

「……誰もいないんでしょうか」

「それは、ちょっと考えづらいわね」

少年の疑念《ぎねん》に応《こた》えるように再《ふたた》びブザーへと手を伸《の》ばす。

数秒。数十秒。内部からの応答はない。いやそれどころか、研究所内部から職員の会話すらまるで聞こえてこないのだ。

「ねえセンセ」

扉の鍵口《かぎぐち》をじっと見据《みす》えたまま少女が促《うなが》す。

「その扉、開いてるっぽいよ」

扉の取っ手に手を触《ふ》れ、力を込めた。軋《きし》んだ音を立て、僅《わず》かな砂埃《すなぼこり》を伴って扉が動く。

「そのようね」

一度、肺《はい》に残る澱《よど》んだ空気を吐《は》き出した。この生徒たち二人を帰すための機を失ったことへの嘆息《たんそく》、もう半分は自分にも理解できぬ何か。決意か、それとも不安か。

「開けるわよ」

それは背中の二人ではなく、自分に言い聞かせるためのもの。

ゆっくりと、擦《こす》れた悲鳴にも似《に》た音を響《ひび》かせ扉が開いていく。暗がりに包まれた玄関《げんかん》ホールへと足を踏み入れる。

自分たちの眼前に、奇妙な光景が展開《てんかい》していた。

「……なに、これ」

玄関ロビーに並《なら》ぶ、十数体にも及ぶ奇妙な格好《かっこう》の石像《せきぞう》たち。訝《いぶか》しげに表情を歪《ゆが》め、少女がそれの下《もと》へと歩み寄《よ》っていく。石像。それも一つや二つではない。石像の共通点は、どれも胸元《むなもと》に何かペンダントのようなものを。

いいえ、違う。これは研究所職員用のネームプレート。けれどなぜ、この石像がわざわざ職員用の物を？　これではまるで――いや、まさか。

さっと脳裏《のうり》をよぎる悪寒《おかん》に背筋《せすじ》が粟立《あわだ》った。

「二人とも、石像から離《はな》れなさい！」

「え？」

「先生、どうしたんですか」

石像に触れようとしていたエイダ、一方で玄関ロビーを左に曲がる通路まで足を進めていたネイト、二人の声が唱和する。

「ここは危険よ、今すぐ分校へ戻《もど》ります！　ネイト君も早くこっちに戻ってきて！」

疑念の表情ながらそれでも小走りで駆《か》け寄ってくる少年。

それを遮《さえぎ》るように。

灰色をした何かが天井《てんじょう》から落ちてきた。細長い、くねるように蠢《うごめ》く何か。少年の前に立ち塞《ふさ》がるように鎌首《かまくび》をもたげ――

「蛇《へび》っ？」

二メートル近い灰色の大蛇《だいじゃ》を前に、少年の足が止まる。なぜこんな施設《しせつ》内に、いや、そんなことを考えている場合じゃない。

「先生っ！」

背後《はいご》ではエイダの悲鳴。

「分かってます！　ネイト君、後ろに下がって！」

少年目がけて襲いかかろうとする大蛇。果たして間に合うだろうか。衣服の衣嚢《ポケット》から人工サファイアを取り出した。片手《かたて》に携えた触媒《カタリスト》が澄《す》んだ青色の名詠光を放つ。

だが、それよりも早く。

「違うっ！　先生、後ろっ！」

背後に控《ひか》える少女が、悲鳴を超《こ》えた絶叫《ぜっきょう》を上げた。

……え。

両足に走る微《かす》かな痛《いた》み。同時、その両足が、岩のように動かなくなった。

最も離れた位置にいた——最も出口に近い位置に立っていたエイダだけは、その時起きた出来事の一部始終を理解《りかい》できた。

——天井《てんじょう》から降《ふ》ってきた謎《なぞ》の生物は、確かに灰色の大蛇一匹《ぴき》だけだった。

自然、ネイトやケイト教師たちの注意はその蛇一体に釘付《くぎづ》けになる。いや、自分もそうだった。視線はその蛇にしかいっていなかった。だがこの場には、灰色の生物は一体ではなかったのだ。

自分が気づいたきっかけは、何かが地を這《は》う微《かす》かな物音。それは、教師の足下《あしもと》すぐ近くから聞こえていた。

……え。

研究所の床《ゆか》に積もった大量の灰。それが動いていた。より正確に言うならば、その灰の下に隠れた何かが動いていた。

石竜子《トカゲ》？

普段《ふだん》見るものより妙に手足が長く細く、鋭利《えいり》な爪《つめ》を持つ石竜子。それも一体じゃない。二体、いえ三体？　明らかな敵意《てきい》の光を眼《め》に灯《とも》し、灰色の生物が教師の足下へと忍《しの》び寄る。

ケイト先生は——だめだ、大蛇の方に注意がいってしまってる。

「先生っ！」

「分かってます！　ネイト君、後ろに下がって！」

触媒《カタリスト》を携え、大蛇を見据《みす》えたまま教師が応《こた》える。

違《ちが》う！　その蛇はただの囮《おとり》なんだ！　本当にやばいのは——

祓戈《ジル》を置いてきたことに歯嚙《はが》みしかけ、だがすぐに思い直した。

うぅん、あたしは祓名民《ジルシエ》じゃない。今のあたしは名詠士《めいえいし》になろうとする生徒なんだ、今こそ名詠で何とかしないと。だけど……

……だけど、何を詠《よ》べばいいの？

自分に行使可能《かのう》な名詠ストックを思い出し、言葉を失った。ただでさえ攻撃《こうげき》的な生物の数が少ないのが白色名詠。皆無《かいむ》という訳《わけ》ではない。けれど、それらはどれも自分の実力で詠び出せるようなものじゃない。

……だめだ、あたしの名詠じゃ何もできない。

「違うっ！　先生、後ろっ！」

ただ教師に向かって叫《さけ》ぶしかなかった。教師が慌《あわ》てて振り向く。だがその警鐘《けいしょう》はあまりに遅《おそ》すぎた。教師の死角となる足下、足首めがけ石竜子《トカゲ》が爪を振《ふ》り翳《かざ》す。

その爪が教師の足を僅《わず》かにかすめた瞬間《しゅんかん》、女性教師の足はもはや足ではなくなっていた。

埃《ほこり》が空を舞《ま》うほどの微かな音もなく、瞬間的に教師の足が灰色に凍《こお》り固まる。

「ケイトせんせ――」

だが。

ともすれば石化という現象自体既《すで》に予想、あるいは覚悟《かくご》すらしていたのかもしれない。

自由を奪《うば》われた両足の事をまるで気にすらかけず、あろうことか。

「来ないでっ！」

その教師は真っ先に、教え子たる自分に向け片手を突き出してきた。残る片手、触媒《カタリスト》となる宝石が暗い玄関《げんかん》ホールを煌《こう》と照らす。

——『Ruguz《青の歌》』——

教師が床へ宝石を叩《たた》き付ける。刹那《せつな》、その地点を発生点とし、巨大な氷壁《ひょうへき》が玄関ホールに聳《そび》え立った。自分と数多《あまた》の灰色生物群《ぐん》を隔《へだ》てる氷壁。出口に近い自分はいい、しかし灰色生物群《ぐん》の集《つど》う領域《りょういき》には、ケイト教師及び小柄《こがら》な少年までも含《ふく》まれて。

「せ、せんせ——」

「エイダ、あなたはこのことを分校の教師に伝えなさい。早く！」

「で、でも！」

「ネイト君はわたしが何とかします。氷壁がある間は、この生物たちもあなたを追えないはず。その隙《すき》に、できる限りこの研究所から距離《きより》を置きなさい！」

その理論《りろん》に説得されたわけではなかった。

——あたし、何もできないの？

それが本当に正しい理論なのか、最上の選択肢《せんたくし》なのかすら定かでない。だがそれでも、教師の必死《ひっし》の気迫《きはく》に圧《お》されエイダは駆けだした。

「先生、ちび君！　……ごめんなさいっ！」

玄関を越えて外へ脱出《だっしゅつ》する。風の悪戯《いたずら》か、それとも教師の策《さく》か。自分が外へ飛びだすと同時、今まで口を開けていた扉《とびら》が音を立てて閉《し》まっていった。室内の状況がまるで分からなくなる。悲鳴も物音も聞こえない。

「ごめんなさい……ごめんなさい……あたし……………」

──馬鹿《ばか》だ。

あたしは、どうしようもない馬鹿だ。

教え子の少女が玄関を飛び出していく。ひとまず一人分の無事は確保《かくほ》できた。そのことに多少なり安堵《あんど》する。残る教え子は一人。

その残る一人に向かって、ケイトは声を振《ふ》り絞《しぼ》った。

「ネイト君、あなたはその通路の奥《おく》へ向かいなさい！」

大蛇《だいじゃ》と対峙《たいじ》する少年が、慌《あわ》てたように顔を持ち上げる。

「でも、先生は！」

「わたしは──」

平気です。無事です。必ず後で追いつきます。あまりに拙《つたな》い言葉しか浮《う》かばない。そんな気休めの言葉には、きっとこの少年を動かせるだけの力はない。

だから。頷く代わり、衣服から蓋《ふた》付きのフラスコを取り出した。

「ネイト君」

せめて微笑《ほほえ》んでみせる。名詠を志《こころざ》す者に、それを教える側の者として。

「……頼《たよ》りない先生でごめんね」

再度《さいど》、触媒《カタリスト》を床に叩きつけた。床に零《こぼ》れた水面が光り輝《かがや》き、そこに青い名詠門《チャネル》が生まれる。天井まで届《とど》く氷壁――それは少年と大蛇を阻《はば》む場所に。

これで彼の方もひとまずは安全だ。その代償《だいしょう》に、全《すべ》ての灰色生物の視線が自分へと突《つ》き刺《さ》さる。……そう、これでいい。わたしはこれで……いい。

「ケイト先生っ！」

「奥へ逃《に》げなさい。エイダが助けを呼んでくるのがいつか分からないけど、それまでじっと隠《かく》れてて！」

「でもっ――」

「……頼りなくて、本当にごめんなさい」

教え子を守るつもりが、囮役《おとりやく》だけで精一杯《せいいっぱい》だなんて。

わたし、やっぱりまだ……先生なんて呼ばれる資格《しかく》、ないのかな。

＝＝

……まただ。

どうしようもない自分の無力さに、エイダは唇《くちびる》の端《はし》を嚙《か》み切った。

絶《た》え間なく移《うつ》り変わる風景。全力疾走《しっそう》で、もうどれだけ走ってきたか。酸欠《さんけつ》によって引き起こされる頭痛《ずつう》。心臓《しんぞう》が痛《いた》み、肺《はい》が悲鳴を上げている。だがそれでも、走り続けた。

走ることしか、今の自分には贖罪《ゆる》されていないのだから。

――また、あたしは何もできない。逃げるだけだ。

学校の競演会《コンクール》、あのキマイラたちに襲《おそ》われた時だって、あたしは逃げてた。

名詠士になりたくて、祓名民《ジルシエ》になるのが嫌《いや》で、名詠士としての自分のまま、ずっとずっと怯《おび》えてた。……ううん、怯えたフリをしてた。

名詠士としての自分には何もできない。もしあの時、自分が祓名民《ジルシエ》として振《ふ》る舞《ま》っていたならば――少なくとも、あたしは守ってもらう立場じゃなかった。誰かを守れる立場にいたはずだった。

だけど名詠士として生きてみたくて、その結果、友人が大勢傷《おおぜいきず》ついた。

〝ちび君はあれだっけ。名詠士になりたいのは、お母さんの遺《のこ》した名詠を完成させたいからだっけ〟

〝……ちび君は怒《おこ》るかもしれないけど、あたしはそういうのだめなんだ〟

〝少しね、家に決められた道以外のことをしてみたいんだ。実はあたしの母親が名詠士の資格持っててさ、昔から名詠学校には興味あったの〟

でも、それならなぜ今も祓戈《ジル》を使って練習してるのだろう。

〝……後悔《こうかい》したくないから〟


あの時、競演会《コンクール》で感じた無力感。もう同じ後悔をしたくないから。

もうあの日の夢は見たくない。

だから、今も自分は祓戈《ジル》を捨てきれなかった。

――なのに今もあたしは。

ケイト先生を、そしてあの幼《おさな》い少年を見殺しにして一人で逃げてきた。

……親父《おやじ》――あたしは――

あたしは……どうすればいい！

＝＝

全力で、薄暗い通路をゼッセルは駆《か》け抜《ぬ》けた。

その前方を光妖精《ようせい》の幻灯《げんとう》が照らす。

数分前に聞いた呼《よ》び出し音。もしトレミアの教師《きょうし》が自分たちを探《さが》しにこの施設《しせつ》まで来たのなら、当然あの玄関《げんかん》ホールにも足を踏《ふ》み入れてしまったはず。

……だが、おかしい。

既《すで》に玄関部に相当近づいているはず。灰色名詠《はいいろめいえい》の生物たちが襲《おそ》いかかってくることは覚《かく》悟《ご》していた。なのに、いまだ一匹《びき》も現《あらわ》れないとは。

胸《むね》に渦巻《うずま》く疑《ぎ》念《ねん》を残したまま、玄関ホールへと続く最後の角を曲がる。

「急げ、エンネ！」

「――っ！」

まず目についたのは天井まで届《とど》く巨大《きょだい》な氷壁《ひょうへき》。その脇《わき》に添《そ》うように、無数の氷塊《ひょうかい》が乱雑《らんざつ》に転がっていた。氷塊の中に閉《と》ざされているのは、見覚えある灰色の名詠生物。

そしてその氷塊に混《ま》じり――床《ゆか》に伏《ふ》せたまま微動《びどう》だにしない人間の姿《すがた》。

見覚えある形状のスーツ、学園で何度となく見かけたあの服装《ふくそう》は。

「ケイトっ！」

最悪の予感に背筋《せすじ》を凍《こお》らせながらも、同僚《どうりょう》の下《もと》へと駆け寄った。

慌《あわ》てて抱《だ》き起こす。肩《かた》に触《ふ》れた手にはスーツの感触《かんしょく》はなく、ざらっとした石の質感《しっかん》。

「…………あ……」

目を瞑《つむ》ったままの女性《じょせい》から僅《わず》かに吐息《といき》が洩《も》れる。その肩、背中、両足。五体の半分までもが石化しかかっていることに怖気《おぞけ》だった。

「エンネ、早くっ！」

「もうやってるわ」

肩先から背中にかけ、広範囲《はんい》に渡《わた》って灰色の光粒が立ち上る。うっすらと色を取り戻していく同僚の身体《からだ》。

「……おい。これ」

ざらりとした石の質感はひとまず消えた。だがその後に残ったものは——ぬるりとした冷たい感触。……まさか。

彼女の背中にあてていた手を持ち上げる。掌《てのひら》に付着していた、大量の血。——しまった。

血を止めていた石化が解《と》け、かえって出血がひどくなったのか。

「悪い、背中開けるぞ」

スーツを脱《ぬ》がせ背中の部分のシャツをはだけさせる。傷痕《きずあと》そのものは小さいが、深い。大蛇《だいじゃ》の牙《きば》に背中を襲われたのか。問題は、その位置が心臓部《しんぞうぶ》に近いということ。

傷口に止血用の布《ぬの》をあて、包帯を肩から回して固定する。

「用意いいのね」

反唱を続けながらエンネが視線をこちらに向けてくる。

「赤色名詠士の場合、いよいよになったら自分の血を触媒《カタリスト》に使うからな。その後に出血が止められませんてのは洒落《しゃれ》にならないから、わりかしこの手の物は携帯《けいたい》してる」

だがこの傷、この程度《ていど》で果たして応急処置《おうきゅうしょち》になるかどうか。

「……ま……」

微《かす》かに、まぶたを閉じたままケイトが口元をふるわせた。

「まだ……残っ……てる」

残ってる？

反射《はんしゃ》的に周囲を見渡す。通路に撒《ま》かれた灰。燃《も》えがらの粉塵《ふんじん》の下、何かが蠢《うごめ》いた。

——俺《おれ》たちが来て、ひとまず身を潜《ひそ》めてたってわけか！

「くそっ、こんな時に相手なんかしてられるか」

相棒《あいぼう》である青色名詠士《ミラー》がいないことに歯噛《はが》みする。密閉《みっぺい》空間は赤色名詠士の弱点だ。相手を倒《たお》すために炎《ほのお》を盛大《せいだい》に詠《よ》びだせば、たちまち自分たちもその煽《あお》りを受ける。最悪この施設全体が燃え上がってしまう。

──やはり、何が何でも俺たちを奥まで行かせたいってことか。

玄関部、脱出《だっしゅつ》を遮《さえぎ》るように群《む》れ集《つど》う名詠生物。

「ゼッセル、どうするの！」

「ケイトは俺が背負う。逃《に》げるなら非常《ひじょう》通路の方だ」

進むべき道は研究所最奥、大ホール。

その先に何かがある。その確信だけはもはや絶対《ぜったい》に近かった。

4

分校の校門、その両脇《りょうわき》に見覚えある教師たちの姿があった。

「エイダっ、今までどこ行ってたの。勝手に校舎《こうしゃ》から出ていって──」

「ごめん先生！　後で話すから！」

「なっ……ちょっと、エイダ！」

肩を掴《つか》もうとする腕《うで》を強引《ごういん》に振《ふ》り払《はら》う。その勢《いきお》いのまま校舎の内部へ。

──ケイト先生は事情《じじょう》を話せと言っていたけど、そんな悠長《ゆうちょう》な真似《まね》してられない。

分校三階、クラスの女子にあてがわれた部屋。

無人の部屋、その片隅《かたすみ》に駆け寄る。無造作《むぞうさ》に置かれた自分の荷物、その脇の壁に立てかけてある、布《ぬの》にくるまれた細長い何か。

……結局。あたしにはこれしかないのか。

施設に残っている先生を助ける方法は、今の自分にはこれしかない。

そう、後悔《こうかい》したくないから。

「親父《おやじ》、あたしは別に祓名民《ジルシェ》になるって決めたわけじゃないんだから！」

通路を駆ける。長大な得物を持った自分を奇異《きい》の視線《しせん》で見つめる生徒、教師たち。

……はは、懐《なつ》かしいや。あたしがトレミアに入学した時、祓戈《ジル》を持ったまま入学式に出た時も、初めはこんな感じで見られてたっけ。

そういえば、あの時は、どうやって最初に友達ができたんだっけ。

あの時は――

頭を過《よ》ぎるのは、黒髪《くろかみ》長身の少女だった。トレミア・アカデミーの女子寮《りょう》で自分と相部屋の子。一番最初に向こうから声をかけてくれて、偶然《ぐうぜん》同じクラスで、そこから徐々《じょじょ》に友達が増《ふ》えていった。

彼女が、名詠学校の生徒として見つけた最初の友達だった。

ロビーへ続く最後の角を曲がる。その直前、その角の陰《かげ》からトレミア・アカデミーの白制服《せいふく》が見えた。こんな馬鹿《ばか》長い鎗《やり》を持って廊下《ろうか》を走る女の子。驚《おどろ》くか、からかわれるか、そう、そのどちらかしかないと思ってた。けれど――

「よっ」

その角から現《あらわ》れた生徒がしたことは、自分に向かって片手を上げることだった。

黒髪長身の、見覚えあるクラスメイト。

「……サージェス？」

なんで、なんでここに。

「あれだけ大騒《おおさわ》ぎして戻《もど》ってきて、今度は大慌《おおあわ》てで階段降《かいだんお》りてくるんだもん。誰《だれ》だって気づくよ。それより、その鎗――」

「こ、これは……！」

反射《はんしゃ》的に、自分の携《たずさ》えていた鎗を後ろに隠した。自分の背丈《せたけ》より長い鎗。隠しきれるはずがないのに。

「ち、違《ちが》うんだ。あ、あのさ……あたし……」

何かを言おうとして、けれど声にならなかった。

あ……あたしはあんたと同じ名詠を学ぶ生徒で、この鎗は……今この時だけなんだ。だから……お願い、嫌《きら》わないで。ずっとずっとあたしたち、友達のままで……。

「ばか、何小さくなっちゃってるの」

萎縮《いしゅく》する肩に、サージェスが唐突《とうとつ》に触《ふ》れてきた。

「……サージェス？」

「決めたんだろ？　そっちの道を選ぶんだって」

突如《とつじょ》通路に鳴り響《ひび》く靴《くつ》の音。通路の奥、複数《ふくすう》の教師《きょうし》たちが走り寄ってくる。

「ほら早く行きな。センセには話つけておくから」

にこやかに、力強く、その友人は自分の背中を押してきた。

「……ねえ、サージェス」

「うん。なにさ」

「これからも……友達でいてくれる？」

「ばーぁか」

背中合わせの少女は、心底呆《あき》れた声で。

「そんなこと心配する暇《ひま》あったら、することしてさっさと戻ってきなさい」

その瞬間。なにか、とても重い枷《かせ》が音を立てて外れていった。

普段その重さに慣《な》れているはずの鎗が、今までになく軽い。

……聞いたか、親父？

たとえあたしが名詠士じゃなくたって、それでもあたしの居場所《いばしょ》はここにある。ここで待っててくれる友達がいるんだ。

「いいじゃん。あたしだって、たまには女の子したくなるんだよ」

「はいはい、分かりましたよ」

それ以上、友人は何も言ってこなかった。

──ありがとう。

振り返ることなく、エイダはロビーを走り抜けた。


教師が構《かま》える校門に行き着く直前。

「……エイダ！」

聞き知った声が背中に届《とど》いた。振り返った先、緋《ひ》色の髪をなびかせる少女が自分に向かって駆け寄ってくる。

「エイダ、あなたどこ行ってたの！　ネイトもケイト先生もいなくなっちゃって、先生たちが大騒ぎしてるのよ！」

「ごめん、今それ話してる時間ないの」

「待って！」

背を向け走りだす。その直前、彼女は力ずくで肩《かた》を摑《つか》んできた。

「つまり、ケイト先生とネイトの居場所知ってるのね？」

「クルーエル、あたし急——」

言いかけた言葉は、彼女の二の句《く》によって消え去った。

「急いでいるなら、何とかしてあげられるかも」

くすりと片目をつむり、微笑《ほほえ》むようにクルーエルが口元をやわらげる。

「……え？」

話が見えない。それってどういうこと？

「エイダ、あなたの持ってる鎗《それ》でちょこっとだけわたしの指先、切ってもらえるかな」

「クルーエル？　ごめん、意味が……」

有無《うむ》を言わさず、鎗の先端《せんたん》に彼女が指先を押しつける。あまりのことに制止《せいし》も間に合わなかった。鋭利《えいり》に研《と》ぎ澄《す》まされた鎗先に、少女の指先が微《かす》かに触れる。

「ちょ、ちょっと何してるの！」

「——エイダ。わたしもずっと迷《まよ》ってたっていう話、したよね」

やわらかな声と共にクルーエルが振り返る。

「わたしね、一度名詠が怖《こわ》くなったことがあったの。でもそれを言ったら、あの子、『僕《ぼく》、信じてます』だって。……あれはずるいよ。ホントに、言われたこっちが恥《は》ずかしくなるくらい一生懸命応援《けんめいおうえん》してくれるんだもん」

あの子？

クルーエルがそんな単語を使いそうな相手……それって、もしかして。

「ううん、それが誰かは秘密《ひみつ》」

どこか悪戯《いたずら》っぽく、どこか照れたように微笑む彼女。

「だから決めたの。今ここで、わたしにできることがあるのなら——もう怖がらない。信じるって言ってくれたのを、裏切りたくないからね」

その指先から一滴《てき》、赤の触媒《カタリスト》が風に舞《ま》う。

一陣《じん》の風に攫《さら》われた赤の飛沫——それがいつしか、紅《あか》く燈《も》える無数の羽根に姿を変えていた。幾百幾千《いくひやく》にも及《およ》ぶ羽根。自分たちを包むように、地に落ちることなくいつまでも空に舞っている。

見覚えがある。これ、競演会《コンクール》でクルーエルが詠びだした奴《やつ》？　でも妙だ。彼女は今、〈讃来歌《オラトリオ》〉を詠《うた》ってないのに。

『わたしを詠《よ》ぶのに〈讃来歌《ことば》〉は不要《いらない》』

その声は、エイダの耳にも確《たし》かに聞こえた。

不思議な声。朧気《おぼろげ》で儚《はかな》く、なのにとても近くから。

『愛《いと》しい小鳥。翼《つばさ》なき歌い手よ。さあ、わたしの名を呼んで』

優《やさ》しい風が吹《ふ》いた。周囲を吹く潮風《しおかぜ》とは違う、心の内面を澄ませる微風《そよかぜ》。

燈《も》える羽根が踊《おど》るように宙《ちゅう》を舞う。緋の髪の少女を護《まも》るように。

赤の祝祀《まつり》が終わったその後に——少女の背後《はいご》に寄り添《そ》うように、巨大な真紅《しんく》の翼を持つ名詠生物がそっと佇《たたず》んでいた。

「……うそ」

一歩、圧《お》されるように後ずさる。

伝承《でんしょう》として物語として。名詠を学ぶ者だけじゃない、世界中の一般人《いっぱんじん》にすら、その存在《そんざい》は伝説として広く知れ渡っている。

紛《まが》うことなき赤の真精《しんせい》。最も気高き名詠生物がそこにいた。

『お乗りなさい、爪《つめ》持てし雛《ひな》よ』

詠び出した名詠者に小さく頷き、黎明の神鳥《フェニックス》が自分に向けて翼を差し出してくる。

Yer wos dia quo fe

『さあ、あなたの道行きを教えて』

道行き。進むべき導《しるべ》。それは。

……あたしの選んだ道は。


――決めたんだろ？　そっちの道を選ぶんだって――


あたしの選んだ道は、きっとみんなと違う道。

だけどあたしも、もう迷わない。それが、送り出してくれた友人との約束だから。


「――意地悪」

にやりと、エイダは唇《くちびる》の端《はし》をつり上げた。

「あんた、ホントは分かってるんでしょ」

一瞬《いっしゅん》の沈黙《ちんもく》の後。

自分に合わせるかのように、神鳥の瞳《ひとみ》もまた微笑《ほほえ》んでいた。

『とても好《よ》い。名詠士に在《あ》らざる少女よ。それは、とても好《よ》い決意《こたえ》です』

終奏『諸人《もろびと》歌う　奏《かな》でる鎗使《やりつか》いの道行きよ』

1

背中越《せなかご》しに、背負う同僚《どうりょう》の息づかいが聞こえてくる。弱々しい、か細い呼吸《こきゅう》。

——ケイトの出血が止まらない。

「あとちょっとだから、それまで我慢《がまん》してくれ！」

背負う彼女からの返事はない。

「……それまで保《も》ってくれよな」

ここへ来る前に確認済《かくにんず》み。最奥《さいおう》のメインホールには外への避難扉《ひなんとびら》が確《たし》かにあった。

自身疲労《ひろう》で頭痛《ずつう》と目眩《めまい》に見舞《みま》われながら、それでもゼッセルは走り続けた。

＝

「……静か」

更衣室《こういしつ》だろうか。職員用の研究服が並《なら》べられたロッカー。ネイトはその一つにじっと身を潜《ひそ》めていた。

……ケイト先生。

自分とエイダを逃《に》がすため、一人残った教師《きょうし》。

「――僕《ぼく》」

競演会《コンクール》にも似《に》たような無力感を味わった。ただあの時と決定的に違うのは、今この場所では自分が本当に独《ひと》りだということだ。

いつも傍《そば》にいてくれたアーマがいない。夜色の触媒《カタリスト》を用意してくれるミオがいない。そして、あの時のように名詠《めいえい》を見守ってくれるクルーエルがいない。

……また独りなの？

ずっとずっと前。自分が孤児院《こじいん》に預《あず》けられていた頃《ころ》。話すべき相手もなく、頼《たよ》るべき相手もいなかった。だから――朝が来て孤独《こどく》を感じるなら、いっそずっと布団《ふとん》の中に隠れていたかった。いつまでもいつまでも、醒《さ》めない夜が続けばいいと思ってた。

でも。

今は亡《な》き母親に拾われて、そこから、何かが少しずつ変わっていった。アーマと出会い、トレミア・アカデミーに来てまた沢山《たくさん》の人たちと会えた。緋《あか》い髪《かみ》をした優《やさ》しい少女と会い、母との約束を探《さが》し続けていた名詠士と出会い、大勢のクラスメイトにも出会えた。

「だから。今は、違うよね」

一緒《いっしょ》にいてくれる人はいる。今は、僕がここでじっとしてるから会えないだけ。こんなとこで隠れてたって仕方ない。

「僕から行かないと」

ロッカーを僅《わず》かに開き周囲の様子を探《さぐ》る。平気だ、辺りにあの蛇《へび》や石竜子《トカゲ》の姿《すがた》はない。

更衣室を出、来た道の先へと通路を進む。

が、ものの数秒と経《た》たず、靴先《くつさき》に異常《いじょう》があった。震《ふる》えてる。僕が怯《おび》えてるから？　いや違う。これは——

「なに、これ……地震《じしん》？」

2

音もなく、光妖精《ようせい》の幻灯《げんとう》が突如《とつじょ》消えた。またしても灰色の名詠生物か。一瞬《いっしゅん》身構えたものの、ややあってエンネは安堵《あんど》の息をついた。

落ち着いてみれば何と言うことはない。光妖精の発する光が、さらにまた別の光によって隠れただけ。

暗い通路を照らす、わずか一筋《ひとすじ》の光明《こうみょう》。それは閉《と》じかけた扉《とびら》の奥から、木洩《こも》れ日のように通路を照らしていた。

「……メインホールだよな」

ゼッセルの独り言だとは分かっていたが、それでも頷くことにした。

灯《あか》りという灯り全てが途絶《とだ》えた研究所でただ一か所、最奥に位置するメインホールのみ照明が生きている。偶然だと言うにはあまりに作為《さくい》的な状況。今までの状況からして、これで良い場面に行き着くという可能性は限りなく零《ゼロ》。あのホールへ突入するかどうか自体が分《ぶ》の悪い賭《か》けになる。あの奥で待っているのはおそらく――

……だけど、行くしかない。避難路《ひなんろ》はこの先だ。これ以上はケイトの身体《からだ》が保《も》たない。一刻《いっこく》も早く、医療機関《いりょうきかん》へ運ばなくては。

扉を蹴り開ける。部屋の眩《まぶ》しさにまぶたを閉じかけるも、睨《にら》みつけるように部屋の中央へと視線《しせん》を向ける。

向けたまま、エンネは目を細めた。

――そういうことだったのね。

奥歯を噛《か》みしめる。ようやく、この馬鹿《ばか》げた茶番の正体が見えてきた。

「これが原因《げんいん》だったわけね」

巨大《きょだい》な空間の中央。宝石《ほうせき》が施《ほどこ》されているらしき絢爛《けんらん》な灯籠《とうろう》、その上に据《す》えられた灰《はい》色の〈孵石《エッグ》〉。さながら、五色に輝《かがや》く玉座《ぎょくざ》に構《かま》える灰色の王と喩《たと》えるべきか。視線をずらせば、部屋の隅《すみ》にはさらに五色の〈孵石《エッグ》〉。

「……さすがにこの触媒《カタリスト》を精製《せいせい》した施設《しせつ》だけあるな」

ケイトを背負《せお》うゼッセルの、皮肉にも似《に》た呟《つぶや》き。

トレミア・アカデミーに持ち込まれた物は五色の〈孵石《エッグ》〉が各一つずつだったと聞く。ならばこの施設にまだ相当数が残っていてもおかしくない。

「この研究所も〈孵石《エッグ》〉が暴走《ぼうそう》したのか?」

「それは、まだ断定できないわ」

小さく、エンネは首を横に振った。

学園に持ち込まれた触媒《カタリスト》は既存の五色のみだったと聞く。研究所で精製《せいせい》した〈孵石《エッグ》〉が五色のものだけならば、この灰色の〈孵石〉はそもそも何だ? それに今のところ、灰色の〈孵石〉はこの部屋にある一個しかわたしたちは見ていない。仮に触媒の単純な暴走だとしても、この灰色名詠生物群の数は勘定《かんじょう》が合わない。せめて二つ、いや、あの量を詠び出すならば最低三つは卵が必要だ。

そして、研究室の碑石《ひせき》に残されたあの血文字……

――いいえ、やめましょう。

「今は、面倒《めんどう》なのは忘《わす》れた方が良さそうよ」

少なくとも今、現状《げんじょう》の分析《ぶんせき》はわたしたちに求められていない。無事この場を脱出《だっしゅつ》する、現状の打破《だは》が最優先《さいゆうせん》だ。

「ゼッセル、一応《いちおう》その触媒《カタリスト》には触《さわ》らないでね」

〈孵《エッ》石《グ》〉は触《ふ》れられることで強制的《きょうせいてき》に名詠《めいえい》を発動させる。仕掛《しか》けは今なお不明だが、それは前《さき》の競演会《コンクール》で証明済《しょうめいず》み。

「……ケイト、待ってろ」

もはや自力で背に摑《つか》まる体力すら残っていない同僚《どうりょう》。自身疲労《ひろう》の色を浮《う》かべつつも、ゼッセルが彼女を背負い直す。

部屋の奥、周囲の鈍色《にびいろ》の壁《かべ》と一線を画す朱色《しゅいろ》の扉《とびら》。研究室のマップで確認《かくにん》したのと同じ、あの扉を越えれば外界へ出られるはずだ。

不意に。

「……地震？」

彼が微《かす》かに眉《まゆ》をつり上げる。それに併《あわ》せるように、微弱《びじゃく》な揺《ゆ》れが足先から伝わってきた。さらさらと、天井《てんじょう》の壁材が剝《は》がれ落ちていく。

不思議だ。この感じ、以前にも体験したような。

既視感《きし》？　いや違《ちが》う。自分もゼッセルもミラーも、そしてカインツも。あの時、これと同じ鳴動を確《たし》かに目《ま》の当たりにした。

〈孵石《エッグ》〉の暴走。あの時生まれた怪物《かいぶつ》の地鳴り。

「エンネ！」

やおら、彼の声が裏返《うらがえ》った。悲鳴か警告《けいこく》の入り交《ま》じった声音《こわね》。自分たちが通ってきた扉。その扉の奥、通路の陰《かげ》から灰色《はいいろ》の生物たちがゆっくりと這《は》い進んできていた。

「くそ、どこまで罠《わな》になってりゃ気が済《す》む！」

「ゼッセル、急ぎましょ！　こんなの相手にしてら……」

——その足が、止まった。

「…………うそ」

部屋の四隅《すみ》。無造作《むぞうさ》に転がっているだけだった卵形《たまごがた》の触媒《カタリスト》、うちの二つが活性化の光を放ち出す。いやそれだけならまだいい。問題は、その卵の場所が避難《ひなん》通路の最寄りに置かれた二個《こ》ということだ。

名詠光が消え、倒《たお》れた〈孵石《エッグ》〉の両脇にそれぞれ数体の名詠生物。

背中に灰色名詠生物群《ぐん》。そして正面には宙《ちゅう》を漂《ただよ》う黄の小型精命《ウィル・オ・ウィスプ》、その脇に控《ひか》えるように、緑の体表をした双頭の毒蛇《アンフィスバエナ》。

——囲まれた。じりじりと、中央部目がけて包囲の輪が狭《せば》まってくる。

「ケイト……やるだけのことはやるけど……ごめんね、最悪の結果になるかもしれない」

床を滑《すべ》るように、足下《あしもと》から双頭の毒蛇《アンフィスバエナ》が迫《せま》ってくる。天井伝《てんじよう》いに灰色の蛇《へび》。左右からは灰色の石竜子《トカゲ》と黄の小型精命《ウイル・オ・ウイスプ》。

数が、多すぎる！

——『Keinez《赤の歌》』——

最も近い距離《きより》にいた灰色の石竜子《トカゲ》数体目がけ、ゼッセルが猛火《もうか》を名詠。ただしそれはバックファイアが届かぬ程度《ていど》に抑《おさ》えた炎《ほのお》。紅《あか》い熱波に混じり、足を止めることなく進んでくる灰色の影が確かに見えた。

——この程度《ていど》の火力じゃ動きも止められないの？

真正面から迫《せま》る双頭の毒蛇《アンフィスバエナ》を牽制《けんせい》するように、エンネは立ち位置をずらした。

一瞬、同僚の姿が視界に映《うつ》る。彼のすぐ背後《はいご》二メートルほど、ぞっとするほど近い距離まで黄の小型精命《ウイル・オ・ウイスプ》が音もなく忍《しの》び寄っていた。こいつの攻撃範囲《こうげきはんい》、たしかヒトの身長程度だったはず。だとすればあの距離は——まずい！

「ゼッセル、後ろ！」

慌《あわ》てて彼が振《ふ》り向くも、あまりに距離が近い。反射的に飛び離れようとするゼッセル。しかしその直前で彼の膝《ひざ》が落ちた。直前まで差し迫った危険《きけん》に、ケイトを背負っていたことを彼は失念していたのだ。同僚《どうりょう》を背に支《ささ》える負荷だけ、動きが鈍《にぶ》い。

黄の小型精命《ウィル・オ・ウィスプ》の発する光が黄色から青に変化。球状の発光体から絹糸《きぬいと》ほどの繊糸《せんし》が伸《の》ばされる。

だめだ、ゼッセルは躱《かわ》せない。そのことを本能《ほんのう》的に悟《さと》った。

O muas dowa《お伏せなさい》

……伏《ふ》せる？

自分が言葉を理解するより先、セラフェノ音語によって綴《つづ》られたその言霊《ことだま》に導《みちび》かれるように、彼が背のケイトごと床《ゆか》に倒《たお》れ込《こ》んだ。

朱《しゅ》色に塗《ぬ》られた避難通路が、更《さら》なる真紅《しんく》に染《そ》まり膨《ふく》れ上がる。

刹那《せつな》、その避難通路が音を立てて弾《はじ》け飛んだ。粉砕《ふんさい》された扉《とびら》の破片《はへん》が眼前《がんぜん》の黄の小型精命《ウィル・オ・ウィスプ》を巻《ま》き込み、部屋の壁《かべ》に猛烈《もうれつ》な速度で衝突《しょうとつ》する。

……これは？

広大なホールのその床へ、優雅《ゆうが》とも言えるほど静かに降《お》り立つ真紅の巨鳥《きょちょう》。

……黎明の神鳥《フェニックス》？

周囲の状況《じょうきょう》も忘《わす》れ、エンネはその場に立ちつくした。自分のすぐ目の前に、あまりに有名ながらあまりに名詠《めいえい》事例の少ない、名詠士間でも半ば幻《まぼろし》と化した名詠生物。

「ほらエンネ先生、早くこっち来て！」

「エイダ？」

巨大な鳥の背からひょっこりと顔を覗《のぞ》かせた少女に、呆然《ぼうぜん》と声を失った。

「ゼッセル先生、ケイト先生と一緒《いっしょ》に乗ってください！」

もう一人、神鳥の翼《つばさ》と同色の髪《かみ》をした少女が自分たちに向けて手招《てまね》きしてきた。

「おまえ、クルーエルか」

ゼッセルが目を見開く。彼が知っているということは、彼が講義《こうぎ》を担当《たんとう》していた生徒だろうか。

「センセ、ちび君知らない？」

神鳥の背からエイダが飛び降りてくる。その手に——金属《きんぞく》の光沢《こうたく》を放つ長大な鎗《やり》？

「ちび？」

「ああ、ネイト君のこと。あたしやケイト先生とここに来てたはずなんだけど」

「……ごめんなさい、ケイトとしか会ってないの」

予想に反し、少女の方は普段《ふだん》の飄々《ひょうひょう》とした表情《ひょうじょう》のままだった。

「ううん、それだけ教えてもらえればいいよ。探《さが》せば見つけられるだろうし」

それだけ残し。ゆらりと一人、自分たちから離れエイダが歩き出す。まさか本気でネイトを探しに行くつもりなのか？

「……エ、エイダ！　何を！」

黎明の神鳥《フェニックス》から離れてホールを進む少女に向かい、足を止めていた名詠生物群《ぐん》が一気に襲いかかる。

「エイダ、後ろ！」

神鳥の背に乗るクルーエルが叫《さけ》ぶ。

少女のすぐ真後ろ、先ほど壁に吹き飛ばされたはずの黄の小型精命《ウィル・オ・ウイスプ》。

にもかかわらず、その警鐘《けいしょう》に少女は振《ふ》り向きもしなかった。

「──把握《わか》ってる」

黄の小型精命《ウィル・オ・ウイスプ》が伸ばした光の繊糸《せんし》、それと同時に、背を向けたまま少女が鎗を背後の相手に突き出す。光の糸と鎗。互《たが》いが交叉《こうさ》し通り過《す》ぎ──

「黄の小型精命《ウィル・オ・ウイスプ》の攻撃限界範囲《こうげきげんかいはんい》は一・六七三メートル。対し、我《わ》が祓戈《ジル》の長さは一・八九五メートル」

指先一本分の空隙《くうげき》を挟《はさ》み、光の糸は少女の背中の直前で止まっていた。

対照的に。少女の鎗に突かれ、黄の小型精命《ウィル・オ・ウイスプ》が小刻《こきざ》みに震《ふる》え出す。

「つまり、祓戈《ジル》の端《はし》より〇・二メートルの箇所《かしょ》を持った上で突き出せば、〇・〇二二メートルの差で相手の攻撃は絶対《ぜったい》に届《とど》かない」

届かない。その言葉と共に、黄の小型精命《ウィル・オ・ウイスプ》が光の粒《つぶ》になって送り還《かえ》されていく。

死の境界線《きょうかいせん》まで……僅《わず》か二・二センチ。

今、この少女は背後の相手に対し振り向いてもいない。いやそもそも、自分の持つ鎗すら見ていない。自分の握《にぎ》る箇所が指先一つ分ずれていればどうなっていたことか。

「一ミリだってずれませんよ、絶対に」

心中を見抜《みぬ》いたかのように、少女がぽつりと呟《つぶや》く。

「……そのくらいの研鑽《けんさん》は、ずっと昔に積んでますから」

その声音《こわね》は不思議と、悲愴《ひそう》に満ちたものだった。

討伐難易度《とうばつなんいど》――易《い》
なぜ少女が背後の相手を目にしていないか、その理由にようやく思い及《およ》ぶ。

眼中にもない、まさにその言葉の体現。既《すで》に彼女の視線《しせん》は、次に倒すべき相手の方を向いていた。

「総数《そうすう》二十七、うち詳細《しょうさい》不明のものが十三体」

足下《あしもと》から双頭の毒蛇《アンフィスバエナ》が襲いかかる。

毒滴《したた》る牙《きば》が足先に触れる——そう錯覚《さっかく》するほどの距離で、だが蛇《へび》の牙は空を切っただけ。

鎌首《かまくび》を持ち上げた姿勢《しせい》のまま、その名詠生物が緑の名詠光を発して還っていく。

「残り二十六体。うん、何とかなるな。一通り掃討《そうとう》してからちび君探した方が楽そうだ」

少女は、その蛇の更《さら》に背後に立っていた。

——速い。いえ……やわらかい？

あまりに自然で滑《なめ》らかな体捌《さば》き。水中で今と同じ動きを再現したとして、水面には波紋《はもん》一つ立たないだろう。そう思わせるほど、あまりに流麗《りゅうれい》。今まさに返り討《う》ちにされた蛇自身、自分がいつやられたのか最後まで理解できなかったに違《ちが》いない。

「一通り……掃討？」

つい昨日、自分の講義で模擬《もぎ》テストを受けていた少女。彼女が用紙に書いていた名前を思い出し、エンネは息を呑《の》んだ。

エイダ・ユン・ジルシュヴェッサー。

祓戈の到極者《ジルシュヴェッサー》——祓名民《ジルシエ》の中で最高位にある称号《しょうごう》であるとは聞いている。だけど、この弱冠《じゃっかん》十六歳《さい》の少女が既にそれを冠しているというの？

祓名民《ジルシエ》の頭領《とうりょう》たるクラウスですら、その後名を手にしたのは二十代半ばだったと聞いている。なのに、こんな名詠《めいえい》校で名詠の勉強をしていた女の子が既にそれを？　にわかには信じられない。けれど、目の前の光景は圧倒《あっとう》的に本物だった。

小さな呼気《こき》だけを響かせ少女が踊《おど》る。名詠生物たちの眼前に自らの身体《からだ》を晒《さら》し対峙《たいじ》する。命すら賭《か》けた舞《まい》に、見ている自分たちの方が恐《おそ》ろしくなる。

危険だから？　否《いな》、その舞の可憐《やさ》しさにこそ、背筋《せすじ》が凍《こお》った。

天井《てんじょう》から落下する大蛇《だいじゃ》を払《はら》い、と同時に足下の双頭の毒蛇《アンフィスバエナ》を躱《かわ》し、灰色の石竜子《トカゲ》の爪先《つまさき》をわずか数ミリの差で逸《そ》らす。圧倒的な体捌《さば》きに共鳴するかの如《ごと》く、金属製《きんぞくせい》の鎗《やり》が鞭《むち》のようにしなり、風鳴りを伴《ともな》いながら周囲の相手を薙《な》ぎ払う。

繊細にして豪放《ごうほう》。機敏《きびん》にして静謐《せいひつ》。華麗《かれい》にして残酷《ざんこく》。鎗なのに、刀のような鋭《するど》さがある。

鎗なのに、弓のように美しい放物線を描《えが》く。

そもそも、少女一人にして相手は三十近い。その全《すべ》てが、自分たちを忘《わす》れたかのように、少女へ一斉《いっせい》に襲いかかっていた。にもかかわらず、四方を囲まれた中でなお少女の舞踊《ぶよう》は一時として止まることがない。胸《むね》の鼓動《こどう》すら凍るほど張り詰めた、死地の舞踏会《ぶとうかい》。そのはずなのが、猛《たけ》りも焦《あせ》りもそこには存在《そんざい》していなかった。

……違う。わたしの知っている生徒じゃない。いえ、わたしの知っている名詠士じゃない。この少女は——名詠士に在《あ》らざる者。

振るう鎗が相手を二体をまとめて薙ぎ払う。断末魔《だんまつま》の名詠光を迸《ほとばし》らせ、次々と還っていく名詠生物たち。

残り十三体。そこで、初めて少女の動きが止まった。

右手に鎗を携《たずさ》えたまま、左手をだらりと下げている。

「エイダ、左手！」

クルーエルの悲鳴につられるように少女の手を見据《みす》え……そこで呼吸《こきゅう》が止まった。赤銅《しゃくどう》色に日焼けした少女の左腕《ひだりうで》、灰《はい》色になった左手首だけが異様《いよう》に目立つ。

「……かすってたか」

機械的な声音で少女が洩《も》らす。その視線の先、残る十三体、それは全《すべ》て灰色の名詠生物だった。

「エイダ、もういいわ！　退《ひ》きなさい！」

たった一人で名詠生物十数体を相手にしたんだ。もう十分だ。今すぐこの施設《しせつ》から脱出《だっしゅつ》するべきだ。——にもかかわらず。

「それはできません」

あろうことか、背を向けたまま彼女は首を横に振ってきた。

「エイダ!」

どうして。どうしてそんなに意地を張《は》るの。片腕が石化した状態《じょうたい》で何ができるの。

「……あたしが、不器用な女だからです」

そう。名詠士になりたくて、でもなりきれなかった不器用な——幻聴《げんちょう》か。そんな言葉が、少女の口からこぼれた気がした。

前後左右。あらゆる方位から名詠生物群が迫《せま》る。容易《ようい》に捌ける数じゃない。エイダ、片手だけでどうしようというの。

その瞬間、少女が叫んだ。

「センセ、何色!」

——灰色名詠《こいつ》の反唱に、五色の中で最も適《てき》した色は何色だ。

その意図に自分だけが気づいたのはきっと、わずかな時であろうと自分が、この祓名民《ジルシエ》の少女の『先生』であったからなのだろう。

「あなたの選んだ色よ!」

彼女に伝わるように、エンネは肺《はい》に残る呼気全てを振り絞《しぼ》った。

返事の代わり、少女の持つ祓戈《ジル》の先端《せんたん》が白色に輝《かがや》く。先端の送還《そうかん》用宝石《ほうせき》を真珠《パール》に入替《シフト》。

そして、祓名民《ジルシエ》の少女はその祓戈《ジル》を自らの左手に突《つ》き立てた。

さながら硝子《ガラス》が割《わ》れる音。

澄《す》みきった乾《かわ》いた音を立て、腕を石化させる呪《のろ》いが一瞬《いっしゅん》にして祓《はら》われる。その意味が伝わったのか、灰色の生物群がわずかに動きを鈍《にぶ》くする。瞬《まばた》きほどにも満たない逡巡《しゅんじゅん》。隙《すき》という隙ですらない微《かす》かな虚《きょ》。だが祓名民《ジルシエ》の少女には十分だった。

――『Nussis《還れ》』――

矛先《ほこさき》の残像《ざんぞう》だけを残し、白く輝く祓戈《ジル》が全方位を薙ぎ払う。蒸気《じょうき》が騰《も》え立つように、部屋に残っていた全ての名詠生物が白煙《はくえん》を上げて消えていく。

その煙《けむり》に身を委《ゆだ》ねるかの如《ごと》く、祓戈《ジル》を携える少女はじっと瞳《ひとみ》を閉じていた。

3

微弱《びじゃく》な揺《ゆ》れが止まり、もうどれほど経《た》っただろう。

ふと立ち止まり、ネイトは周囲を眺《なが》め回した。

通路は一本道、緩《ゆる》やかに右へとカーブしているらしい。自分は分岐路《ぶんきろ》を左に逃《に》げたから、方位としては総《そう》じて直進に近いはず。

……何もいない、よね？

数秒おきに背後《はいご》を確認《かくにん》しているが、あの不可思議な灰色の生物たちが後を追ってくるという気配はない。照明の落ちた通路、微弱な緊急灯《きんきゅうとう》を頼《たよ》りに進んでいく。

「避難《ひなん》……経路？」

通路の壁《かべ》に貼《は》り付けられたプレートの文字、たしかにそう刻《きざ》まれていた。

ここをさらに歩いていけば、避難扉《とびら》に辿《たど》り着く。

再《ふたた》び足を進める、その前に――身体《からだ》が震《ふる》えた。

「あ、あれ」

身体だけじゃない。床《ゆか》、壁、天井《てんじょう》。その全てが悲鳴を上げるように震えていた。

地震《じしん》？　だとしたらさっきよりも大きい。

……一体何が起きてるの？

「エイダ、すごいじゃない！　そんな特技《とくぎ》あったんだ」

鎗《やり》を抱《かか》えたまま戻ってくるクラスメイトに、クルーエルは思わず歓声《かんせい》を上げた。

鎗術会《そうじゅつかい》に入っているということは知っていた。けれど、まさかここまでの技量を持っているとは。クラス内では、まるでそんな素振《そぶ》りなど見せたことがなかったというのに。

「ん……まあ特技というか」

言葉を濁《にご》したままクラスメイトが後ろ頭を掻《か》く。たった今神業《かみわざ》的な技量を見せておきながら、その表情は不思議と寂《さび》しげな陰《かげ》を映《うつ》し出していた。

「クルーエル、先生たちを早く連れて帰ってあげて」

ケイト、エンネ、ゼッセルの三人。それに自分とエイダ。重量的に厳《きび》しいかとも思ったが、神鳥の方は問題ないと言ってきた。

「分かってる。エイダも早く乗りなさいってば」

ところが、一人背に乗り遅《おく》れた少女は苦笑《くしょう》気味に肩《かた》をすくめてきた。

「あたしはちび君探《さが》しておくよ。あたしが連れて来ちゃったようなもんだからね。さすがに責任《せきにん》感じちゃってるから」

「でも……」

『参りましょう。急ぐ必要があるのだから』

神鳥が首を持ち上げる。……確《たし》かに、冷静に事を考えるならエイダや神鳥の言う方が正しいことは目に見えていた。問題は、自分たちの担任《たんにん》であるケイト教師《きょうし》だ。背中の傷《きず》が深い。今すぐ医療《いりょう》機関へと運ばなくては。

「エイダごめんね、わたしもすぐ戻ってくるから」

「あいにく、遅刻魔《ちこくま》のあんたに言われてもね」
軽い口調でエイダがおどける。あなたも同じでしょ。そう言い返す直前。

風、嗤う地に這う砂の儚さを
loar dime, Hir qusi fluse feo nen rawa cley

羽、笑う火に酔う灰の愚かさを
sheza dime, Hir qusi nazarie feo eza da wavir uc corne

声が、何処《どこ》からともなく、無風のはずの室内を駆《か》けめぐった。
それと同時。

――ピシリッ――

何か硬《かた》い物がひび割れる音。あまりに小さい音ながら、奇妙《きみよう》なほど明瞭《めいりよう》に、それはホール中に響《ひび》き渡《わた》った。

孤独の牢宮　芥の宴　終わらぬ惨劇を敗者が笑う
solitie kaon, writh lef eza, lastis os fisa endebec mofy

玉座は王に飢え　しかれどその椅子に座すは埃のみ
arsei glio, ovan ezis glia jes reive

老人のしわがれた声が、奇妙な旋律《せんりつ》を歌い上げる。

いえ、ただの歌じゃない。これは〈讃来歌《オラトリオ》〉？

「な、なに……？　また？」

万象は転じ、わたしは塵と埃に流れゆく
omunis via-c-univa, Yer sis tera peg ezis, eza
ならば、この世界に勝者は不在
zette yupa thes I neckt loern

死者の怨念《おんねん》を思わせる旋律は、唯一《ゆいいつ》残った〈孵石《エッグ》〉から——

「エイダ、今すぐこいつに乗れ！　その卵はまずいっ！」

エンネ教師に続き、ゼッセル教師が顔色を変えた。

中央に掲《かか》げられし灰色の触媒《カタリスト》。

それが、殻《から》が破《やぶ》れるかのように少しずつ外皮の部分が剝《は》がれていく。内部から洩《も》れる、鈍《にび》色の輝《かがや》き。

Isa《さあ》 *da boema foton doremren*《生まれ落ちた子よ》 *Ser la lemenent,*《そなたらは》 *clar lef ilmei arsa*《王に傅く子供たち》

jes effectis qusi fo《その諸手に王の剣》 *Lastihyt, ecta peg sterei orza*《十二から成る威光の翳し》

『この研究所そのものが罠《わな》だった、ということなのでしょうね』

神鳥の睨《にら》みつける先――

一際輝《ひときわ》く名詠光《めいえいこう》。光の粒《つぶ》が螺旋状《らせんじょう》の環《わ》を描《えが》き、その中心に銀色の影《かげ》が現《あらわ》れる。

『そして、これが最後にして最悪の罠のようです』

miqvy《いま、》 *O evoia arsei tearl dis elmaei I*《世界の全ては敗者となれ》 ―― *sterei efflectis Ezebyt ＝ ende arsa*《王剣・十二銀盤の哮れる日》

銀色の何かがそこにいた。

体長二メートルほど。細長い金属針《きんぞくばり》を合わせ人型を成したような形状。両手に相当する部位からは、直接《ちょくせつ》銀色の剣《けん》が生えている。名詠式で詠《よ》び出される既存《きそん》の名詠種とは違《ちが》う、灰色の名詠生物たちとも風《ふう》を異《こと》にする、あまりに人工的な外観《フォルム》。――その周囲、真精《しんせい》を護《まも》るように宙《ちゅう》に浮《う》く、十二刃《じん》にものぼる銀色に輝く鎗《やり》・剣・斧《おの》。

……まさか、こいつが灰色名詠の真精？

両手に二つ、その周囲に十二の刃を備《そな》えた銀色の名詠生物。

その真精が、ゆっくりと両の武器《ぶき》を持ち上げる……そう認識《にんしき》した瞬間《しゅんかん》。

自分たちのすぐ眼前《がんぜん》に、その真精は立っていた。

『……捷《はや》い』

神鳥が洩らす驚愕の声。

あまりに唐突《とうとつ》、何の予兆《よちょう》もなく動き出す。それも恐《おそ》ろしいほど速く滑《なめ》らかに。その動きに、クルーエルは全身が粟立《あわだ》った。この真精の動きは、エイダのそれに酷似《こくじ》している？

振り上げた剣が神鳥に向かって振り下ろされる。

「――虚《うつ》け」

叩《たた》きつけるような銀閃《ぎんせん》が、さらに下から振《ふ》り上げられた銀閃に弾《はじ》かれた。

「棒《ぼう》人間、相手を違《たが》えるな！」

真精の正面、鎗を携えた少女が独《ひと》り立ち塞《ふさ》がる。

「エイダ？」

「先に帰ってて。さっきも言ったでしょ、あたしはちび君を探してから戻る」

「何言ってるの、エイダも早く乗って！」

視線を正面の相手に向けたまま、彼女が無言で首を横に振る。その拍子《ひょうし》。

……ぽちゃん。

小さな小さな飛沫《ひまつ》が、床《ゆか》に落ちた。

「エ、エイダ、あなた？」

「お願い……先行って」

その飛沫は少女の瞳から。

「あたしは不器用な人間だから、これしかないの」

ゆっくりと、少女が横顔を向けてくる。

湖畔《こはん》のように波立つ双眸《みなも》を。

「……あたしさ、名詠士って憧《あこが》れてたんだ」

――泣いていた。

初めて見た。エイダが、大粒の涙《なみだ》を頬《ほお》から流していた。

「最初はね、ばか親に決められた道ってのが嫌《いや》だから、どうせなら反対の名詠士になってやるっていう、つまらない理由だったんだ。親と喧嘩《けんか》別れしてこの学校来たようなもんだもん」

手元の鎗を抱《だ》き寄《よ》せ、真精が徐々《じょじょ》に近づいてくる中で、あまりに無防備《むぼうび》な格好《かっこう》で少女がこちらに振り向いた。

「でもね、やっていくうちに面白《おもしろ》くなってさ。本当に名詠士になれればいいなと思うようになれたんだ。それだけはホント。たくさん友達ができたのだって、実はこれが初めてだったんだ。あたし……それまではずっと……ずっと」

〝――たとえばね、クルーエル。もしウチのクラスにさ、ちび君以外にも独りぼっちの子がいたとしたらどうする？〟

ふるえる声音《こわね》。ふるえる身体《からだ》。

ふるえる涙。ふるえる吐息《といき》。

あまりに弱々しく脆《もろ》い、目の前で嗚《お》咽《えつ》を洩らす女の子。

「そう思ってたはずだったんだけどね。……初めてだよ。祓名民《ジルシエ》として過《す》ごした思い出がありがたいと思ったの」

あふれる涙を隠《かく》そうともせず、そのクラスメイトが場違いな微笑《びしょう》をこぼす。

「あたしは……馬鹿《ばか》で不器用だから……この道しかないみたい」

その仕草に、見る者すべてが言葉を失った。

あまりに儚《はかな》くあまりに潔《いさぎよ》い。

それほどまでに、少女の立ち振る舞いは——紛《まぎ》れもない祓名民《ジルシエ》だったから。

「でもエイダ、いくらあなたでもこんな怪物《かいぶつ》相手に一人じゃ……」

「大丈夫《へーき》。こんな木偶《でく》の坊《ぼう》なんかより、ウチの頑固《がんこ》親父《おやじ》のが百倍タチ悪いし」

壁《かべ》という壁が、天井《てんじょう》という天井の石材が崩《くず》れ出す。先の鳴動か、あるいはこれも罠《わな》の一つか。

『……クルーエル、ここを離《はな》れます』

神鳥がふわりと翼《つばさ》を羽ばたかせる。

……きっと、逃げろなんて言葉は届《とど》かないんだろうね。

ずっと名詠の学校にいた祓名民《ジルシエ》。

そして、今——それが彼女の選んだ道ならば。

「エイダ、さっさとネイト連れて帰ってきなさいよ！　約束だからね！」

自分にできるのは、クラスメイトとして信じることだ。

……はいはい、分かってるよ。クラス委員。

口元の微笑を絶《た》やさぬまま、エイダは避難扉《ひなんとびら》を越《こ》える神鳥を見送った。

——ただし、ちょっとだけ遅刻《ちこく》するかもね。

視線《しせん》を眼前《がんぜん》の相手へと向け、両手で構《かま》えていた祓戈《ジル》を片手《かたて》に持ち替《か》える。

物心つく前から与《あた》えられた自分の祓戈《ジル》。

幾年《いくねん》の鍛錬《たんれん》を経《へ》て、祓戈《ジル》の重さを一グラム以内の誤差《ごさ》で、間合いを一ミリ以内の誤差で把握《はあく》する。この祓戈《ジル》でできること、できないこと、その全てを我《わ》が身に刻印《きおく》させる。——

それを成し遂《と》げた時、初めて父から、祓名民《ジルシエ》として名乗ることが許《ゆる》された。

十三歳《さい》。歴史上記録にない若《わか》さの祓名民《ジルシエ》が誕生《たんじょう》した瞬間《しゅんかん》だった。

それから、三年。

この鎗《やり》はもはや自分の分身。鎗と振るい手の関係はそこにない。どちらもが鎗であり、どちらもが振るい手なのだから。

「さ、あとは二人だけで寂《さび》しく戦《や》りますか」

……そう言えば、お前に話しかけるのは久《ひさ》しぶりだったね。

頬をつたう涙を拭《ぬぐ》う。周囲の壁を薄紙《うすがみ》のように切り刻《きざ》みながら近づいてくる真精。触《ふ》れる者全てを切り刻む——高速で旋回《せんかい》し真精の周囲を護《まも》る、十二の銀色の刃《やいば》たち。肌《はだ》が焼けつくように痛《いた》む。刃ではなく、相手の発する殺気に当てられて。

紛《まぎ》れもなくこの相手は強い。それだけは認《みと》めざるをえない。今の、名詠士としての自分のままならきっと勝てない。ならば名詠士としての半年は無駄《むだ》だった？……否《いいえ》。

ただ一つ、名詠士の学校で覚えたことがある。

勝てないからこそ、詠ばなくてはならない。

自分の最もよく知る、そして最も嫌《きら》いだった——あの日の自分を。


——*O toga Wem millmo, HIr shoul da ora peg ilmeri giris ende zorm*《大いなる畏敬と尊厳を以て我が名を刻む》

詠《うた》え。思い出せ。

空想《イメージ》も想像構築《ビジョン》も要《い》らない。

詠び起こすべきは、かつて在《あ》りし日の自分。

過去《かこ》に切り捨《す》てた自分。手放《てばな》し背を向けた、祓名民《ジルシエ》としての記憶《きおく》。

ただ無心に祓戈《ジル》だけを愛し、祓戈《ジル》と共に生きた自分を——今一瞬《いちど》だけ詠び起こせ。

ole shan ilis, peg loar, peg kei, Hir et univa sm hid《夢も望みも、全て遥か過去（うしろ）に捨ててきた》

その道、もはや振り返ることすら叶わず
Hir be qusi Gillisu xshbao ele sm thes, neckt ele

片手で鎗を廻《まわ》す。次第《しだい》に速く、次第に強く、美しく。
親から、周囲から、天賦《てんぷ》の才と言われるのが嫌だった。だからこそ、誰《だれ》にも見つからぬ場所で、言葉では到底喩《とうていたと》えられぬほど研鑽《けんさん》を積んできた。

送還（みおく）る者の、始にして頂
Lor be se Gillisu feo olfey cori ende olte

生涯ただ鎗とともに歌い、踊り、生きる定めなればこそ
lipps hypne cooka, fifsia-c-ect-c-ele peg Gill, jes qusi giris

名詠《めいえい》の学校に来て、名詠の勉強を怠《おこた》ることはあった。
鎗術会《そうじゅつかい》に入って、気まぐれに練習から逃《に》げることはあった。
けれど――祓名民《ジルシエ》としての鍛錬《たんれん》だけは欠かしたことがない。

私の葬送に花は無く、私の墓石に名は不要
leide neckt ele sm Yem hypne, reive zayxuy lostasia Yem nebbe

朽ち錆びた我が弋のみ、私の軀に突き立てよ
O la Laspha, Wem shel zo hearsa lipps sm cley

血豆ができてそれが潰《つぶ》れ、掌《てのひら》の皮が破《やぶ》け、激痛《げきつう》に瞳《ひとみ》を濡《ぬ》らし、だけどそれでも祓戈《ジル》だけは握《にぎ》ってた。冬の凍《こお》れる雨に打たれ気を失ったことも、夏の狂《くる》った熱線に灼《や》かれ、肌《はだ》が爛《ただ》れ腐《くさ》りかけたこともあった。だけど、それでも祓戈《ジル》は離さなかった。

わたしの祓戈《ジル》は裏切《うらぎ》らない。振るった数だけ鋭《するど》くなり、泣いた数だけ強くなってきた。

そうだ。そう言い切れるだけの距離《きょり》を、わたしたちは一緒《いっしょ》に歩いてきた。

いざ謳え、数多の色たち、数多の詠ばれし子らよ
Isa O ora, sterei Ies, sterei da cooka doremren

鎗が空を切り裂《さ》き、あたかも少女の身体を覆《おお》う刃の鎧《よろい》と化す。

空を切り、楽曲にも似《に》た調べを鎗が奏《かな》でる。

赤銅《しゃくどう》色の鎗使いが詠う、赤銅色の旋律《せんりつ》。

今ここに　全ての名前を解き放ちて唯一つ——
Jes nebhe qusi Ies, arsei spil, Seo la miqvy virgia

名詠士としてではなく、祓名民《ジルシエ》の名を背負《せお》うのならば。

自身の背に護《まも》るべき者が、自身の前に倒すべき相手がいるならば。

——至高《しこう》の称号《しょうごう》を抱《いだ》く者として、退《ひ》けない道がある。

bekwist《もはや》 *Yem*《わたしの》 *nebbe*《鎗を縛める》 *olfey*《ものは、》 *besti*《そこに》 *Gillshuvesher*《無い》

焦《あせ》りも猛《たけ》りも、遥《はる》か彼方《かなた》に消え去った。

身体の火照《ほて》りも昂《たか》ぶりも、周囲の鳴動すら届かない。

「いくぞ真精《しんせい》！　我《われ》を以《もっ》て、祓戈《ジルシュヴェッサー》の到極者が故《ゆえ》と知れ！」

その部屋に名詠士はもういない。

歌と鎗《やり》の狭間《はざま》に揺《ゆ》れる時期は、もう過ぎた。


——エイダ・ユン・ジルシュヴェッサー、参ります。

……地震、まだ続いてる？

前の激震は収《おさ》まったが、髪《かみ》を震《ふる》わせる微弱《びじやく》な揺《ゆ》れは続いている。

にわかに、音が変化した。

壁《かべ》が崩《くず》れる破砕音《はさいおん》ではなく、透《す》き通った金属《きんぞく》の響《ひび》き。硬《かた》い何かと何かが絶《た》え間なく衝突《しようとつ》する、冷たく鋭《するど》い旋律《せんりつ》。音色は、自分が進む方向から聞こえてくるような。

「……明かりがついてる？」

扉だろうか、その隙間から銀色の光が。

音源《おんげん》は——その扉の奥《おく》？

扉の先へと顔を覗《のぞ》かせ、ネイトは息を呑んだ。

銀色の金属棒《ぼう》で構成《こうせい》されたようなヒト型の真精。両手に直接《ちよくせつ》生やした刃を振り翳《かざ》し、対《たい》峙《じ》する相手に斬《き》りつける。

その相手として立ちはだかっているのは——赤銅色の肌をした、鎗を携える独《ひと》りの少女。

……エイダさん？

右、左。零《レイ》コンマ数秒の時間差で両の刃が打ち下ろされる。右の刃を鎗の切っ先で弾《はじ》き、弾いた動作の流れのまま、左の刃に視線を向ける。既《すで》に、鼻先にまで迫《せま》った銀閃《ぎんせん》。

──弾くのは間に合わない。

刃の峰《みね》に鎗を合わせ受け流す。と同時、身体を床《ゆか》に伏《ふ》せる。風鳴りを立て、銀色の鎗と斧《おの》が今まで自分の首があった地点を過《よ》ぎる。

「ッ！」

呼気を破裂《はれつ》させ、浮遊《ふゆう》する守護剣《しゅごけん》たちを薙《な》ぎ払《はら》う。キィィッ……ン。氷の鐘《かね》を打つような余韻《よいん》を残し、鎗と斧が消滅《しょうめつ》する。

「……のこり八本か」

更《さら》なる追撃《ついげき》をバックステップで躱《かわ》し、約四メートルの距離を置く。

四・四二メートル、それが自分の間合い。対し、相手の間合いが最大四・一四メートルであることまでは確認《かくにん》できた。二十八センチ──速度と武器《ぶき》のリーチで僅《わず》かに勝る分の差。

ただし敵《てき》の周囲を護る武器たちは、真精の周囲六メートルまでを不規則《ふきそく》に飛んでいる。真精の間合いに留《とど》まるという選択肢《せんたくし》はない。万一これ以上懐《ふところ》に飛び込まれれば祓戈《ジル》のリーチが徒《あだ》になる。ならば自分の立ち位置は、相手の周囲四・一四メートルから四・四二メートルの範囲《はんい》内。それ以上近づけば相手の間合い、それ以上離れれば相手の攻撃だけが一方的に届く。

二十八センチの空間内。その矮小《わいしょう》な持ち幅《はば》が生と死、勝利と敗北を隔《へだ》てる境界線《きょうかいせん》。この空間を外すか外されれば負ける。けれど、違《たが》えずとも今のままでは停滞《ていたい》が続く。

——見出《みいだ》せ。この天秤《てんびん》をひっくり返す手段《しゅだん》を。何がある？

が。考える間を与《あた》えることなく真精は距離を詰めてきた。

……常識《じょうしき》が通用しない未知の相手、か。

常人では目で追うことすら能《あた》わぬ剣閃。瞬《まばた》きする間に切り伏せられる速度で抉《えぐ》り、穿《うが》ち、突き、振り下ろす——かと思えば唐突に退《ひ》き、退いたと思えば猛烈《もうれつ》な速度で突進してくる。衝突してくるかと思えば突然に速度を落とし、再《ふたた》び退く。

まるで動きが読めない。

剣術の型をまるで無視した不規則な斬撃。ヒトの持つ呼吸を無視し、ヒトの持つ間合いを無視し、ヒトの為《な》した剣技を嘲笑《あざわら》うような出鱈目《でたらめ》な斬撃を繰《く》り出してくる。視線が何処《どこ》を向いているかすら定かではない。

……だめだ、乱《みだ》されるな。自分の呼吸を保《たも》て。

突き出される右の剣を、身を捩《よじ》って躱す。左の剣をぎりぎりまで引きつけ、身体を反らしてすり抜ける。銀光が頬《ほお》をかすめる。熱い、皮膚《ひふ》一枚《まい》を削《けず》られ血が滲《にじ》むのを感じる。

けれど、それを代償《だいしょう》に相手の攻撃は躱しきった。

最速の動作で祓戈《ジル》を突き出す。真珠《パール》を加工し付設《ふせつ》した先端《せんたん》。乳白色《にゅうはくしょく》に輝《かがや》く鎗《やり》の切っ先が

真精《しんせい》の胴体《どうたい》へ伸《の》びる。

が、鎗が貫《つらぬ》いたのは真精ではなく、その周囲を護《まも》る剣《けん》の一刃《いちじん》だった。

「――またか！」

意図せず苦い吐息が洩《も》れる。

対峙して悟《さと》った。真精の周囲を舞《ま》う十二の刃、これは真精の武器にして護り。この真精に一撃を与えるには、まずこの十二の守護剣を先に還《かえ》さなくてはならない。その数、残り七。

頬を伝う汗《あせ》に血が混《ま》じる。

相手の弱点は予想がついている。真精の身体を構成する銀の金属片たち。それをまとめ上げているのは、中枢部《ちゅうすうぶ》で鈍色《にび》に輝く〈孵石《エッグ》〉。あの触媒《カタリスト》がこの真精をこの世界に留めているコアだというのは想像《そうぞう》に難《かた》くない。

……身体はまだ動く。平気だ。

身体の動きが鈍《にぶ》る前に、精神が摩耗《まもう》する前に敵の守護剣たちを全て還す。還した上で、相手の中枢に祓戈《ジル》を叩《たた》き込む。

「行くよ、祓戈《ジル》」

自分の握《にぎ》る鎗に向かって頷《うなず》き……

——リィィィ……ンッ——

何か、何かとても冷たい音が手元で響《ひび》いた。気力、威勢《いせい》、覚悟《かくご》、決意。その全てが消え流されてしまうほど……悲しい音。

「……祓戈《ジル》が？」

最初は目の錯覚《さっかく》かと思った。信じられなかった。だけど見つめれば見つめるほど、それが錯覚などではないことを証明《しょうめい》するだけだった。

鎗の先端から半ばにかけ、蜘蛛《くも》の巣のように罅《ひび》入った細かな亀裂《きれつ》の存在《そんざい》を。

……エイダさん？

彼女に何かが起きた。傍目《はため》にもそれはネイトにも伝わってきた。

突如《とつじょ》、少女から何かが消えたのだ。体力？　違《ちが》う、もっと根源的な何か。

闘《たたか》う気力そのものが消滅《しょうめつ》したかのように、ただただ相手の攻撃《こうげき》を避《よ》けるだけ。そう。避けるだけなのだ。鎗で払うことも受け流すこともない。ひたすら後ろに下がり続けるだけ。

だけど——それは無茶だ。いくら彼女でもそれだけで避けきれるわけがない。

瞬きする間に、彼女の背が壁に触れる。逃げ場のない少女に向け、真精が一挙に距離《きょり》を詰《つ》める。剣が肩《かた》を掠《かす》め脇腹《わきばら》を抉《えぐ》り、浮遊する斧《おの》が足を裂く。

「エイダさんっ！」

扉を越え、ネイトは彼女の下へ駆けだした。

……嘘《うそ》でしょ、ねえ嘘でしょ。

祓戈《ジル》に罅が入るなんて。今までそんなことなかった。手入れは一日たりとも欠かしたことがない。普段《ふだん》の扱《あつか》いだって細心の注意を払ってた。別に、今の応酬《おうしゅう》だって実際《じっさい》に刃を重ねたのはせいぜい数太刀《たち》。祓戈《ジル》の強度を考えればこの程度《ていど》で——ならばこれは、もっと違う理由？

考えられるのは唯《ただ》一つだけ。

生命ある者、形ある物、それら全《すべ》てに等しく定められた節理——寿命《じゅみょう》という名の縛鎖《ばくさ》。十数年にわたる過酷《かこく》な鍛錬《たんれん》に触れ、その結果あまりに早く訪《おとず》れることとなった、祓戈《ジル》としての限界《げんかい》。

……嫌《いや》だ、嫌だ。そんなの嘘だ。

自分の分身が？　一番初めにできた友達が？

──あたしを、置いていっちゃうの？

──そしてそれは、あたしのせいなの？

極限まで高め上げていたもの全てが、音を立てて崩《くず》れていく。

真精が剣を打ち下ろしてくる。祓戈《ジル》で弾くこと、やろうと思えばできたかもしれない。

けれど、どうしてもできなかった。

「っ！」

身をかがめて躱《かわ》す。肩先に鋭い痛《いた》みが走る。小さく、だが深い裂傷《れっしょう》。

……でも、でも構《かま》わない。

祓戈《ジル》で受ければ、祓戈《ジル》の寿命はまたさらに短くなる。それだけは絶対《ぜったい》に嫌だ。

浮遊する武器から逃げ、振りかぶってくる相手の剣から逃げる。

──トン。つと、背中に硬い感触《かんしょく》。壁？

と同時。真精がこちらに向かって一気に距離を詰めてきた。突きだしてくる剣、自分からさらに距離を詰めて外す。そのつもりが、足が動かなかった。

「痛《つう》っ！」

浮遊する斧がふくらはぎを抉っていた。痛みに一瞬視界がぶれる。再《ふたた》び顔を持ち上げた時、そこには真精の持つ大剣。

……避けられない！

祓戈《ジル》で防《ふせ》ぐ？　でも、他に方法はないの？

思念の回転が逆に徒《あだ》となった。身体が動かない。

「エイダさんっ！」

振り下ろされた大剣がぴたりと止まった。動きを止めた真精が背後へと振り返る。メインホールに現れた闖入者《ちんにゅうしゃ》。まだ幼《おさな》さの残る顔つきの小柄《こがら》な少年。

……ちび君？

金属の擦《こす》れる音を撒《ま》き散らし真精が疾《はし》る。その照準《しょうじゅん》は──

だめ……だめだよちび君……早く逃《に》げて、早く……きちゃだめだって。

「来るなぁぁっ！」

「え？」

その場に呆然《ぼうぜん》と佇立《ちょりつ》する少年。真正面に迫った真精が大剣を振り上げる。それを為《な》す術《すべ》なく見上げる少年。あまりのことに、彼の方はまだ事情を理解していないのだ。

「あ……あ……」

眼前に迫った真精の威圧に呑《の》まれ、彼がその場に凍《こお》りつく。

〈讃来歌《オラトリオ》〉を詠《うた》わずに名詠ができる者ならともかく、とかく名詠士は直接自分を狙《ねら》われると脆《もろ》い。だからこそ、名詠士の前に、盾《たて》として祓名民《ジルシエ》が存在《そんざい》する。なのに、ここに祓名民《あたし》がいるのに。よりによって、目の前で名詠士《かれ》の方が先に。

……いやだ。あたしはもう後悔《こうかい》したくない。目の前で友達が傷《きず》ついて、競演会《コンクール》の時にあれだけ胸《むね》が痛くなったじゃないか。

誰一人として守れない？　ならばこの鎗は何のためにある？

何も成すことなく寿命尽《くだけち》る。

それは、あたしの祓戈《ジル》が本当に望んでいることなのか？

〝エイダ。この道が、本当につまらないだけの道と思うか〟

〝祓名民《ジルシエ》の家系《かけい》に生まれた者は誰だって一度は同じ疑問《ぎもん》に辿《たど》り着く。——私だってそうだった〟

〝だが、それでもある日気づいたよ〟

……そういえば。そんなことも言われてたっけ。

〝……親父《おやじ》、あたしには分からない〟

〝分からないわけじゃない。お前がまだ気づかないだけだ〟

ようやく気づいた。あの日あの時、父親の瞳《ひとみ》が告げてきたものが。

〝あたしは……馬鹿《ばか》で不器用だから……この道しかないみたい〟

自分が、自分に為せることを探して選んだ結果がこれだっただけのこと。

自らの意志《いし》で選んだこと。

もう戻《もど》れない。生涯《いのちあるかぎり》この道を歩くしかない。

あまりに過酷《かこく》であまりにつまらない道。……でもそれでも。

——この道は、きっと誰《だれ》かを守れる道だから。

少年へと振り下ろされる無慈悲《むじひ》な銀閃《ぎんせん》。真精《しんせい》の持つ両剣、その周囲を舞《ま》う守護剣。

その悉《ことごと》くが、乳白色の煌《きら》めきに薙《な》ぎ払《はら》われた。

「……エ、エイダさん」

「平気かい？　ちび君」

無言でこくりと頷《うなず》く少年。その頭をかるく撫《な》でてやる。

ふと視線《しせん》を移《うつ》した先。祓戈《ジル》の先端《せんたん》、罅《ひび》がさらに大きくなっている。

たぶん、次でお前とお別れなのかな。

……最後まで、あたしと一緒《いっしょ》に戦ってくれる？

「ちび君、触媒《カタリスト》持ってる？」

口早に、唇《くちびる》を動かさず背後の少年へと問いかける。

「え？　は、はい」

「じゃあ一つ頼《たの》もうかな。君が一番最初にみんなの前で見せてくれた名詠、あれここでやってちょうだい」

競演会《コンクール》で見た名詠ではない。彼が転入して来た初日。実験室で彼が詠《うた》った〈讃来歌《オラトリオ》〉にこそ用がある。

「え……で、でもあれは僕にはまだ」

「失敗して構《かま》わないよ。〈讃来歌《オラトリオ》〉付きで、真精《あいつ》に聞こえるよう派手《はで》にお願いね」

「――っ！」

少年の表情に緊張《きんちょう》が走る。自分が何を意図し何を狙《ねら》っているか悟《さと》ってくれたのだ。

「エイダさん、たぶんあれは一分以内で消えちゃいます。……うまく合わせてくださいね」

目配せだけを残し真精の正面へと飛び込む。

真精の携える両の剣。そして周囲を飛び回る守護剣。身を捩《よじ》る、しゃがむ、跳躍《ちょうやく》し、躱す。祓戈《ジル》で受けてはいけない。残された最後の一撃分。それを確実に当てるために、今は避《よ》け続けなくてはならない。

「――*cart lef dimi-l-shadi denca-c-dowa*《昏黎の帳舞い降りる》」

自分の背後《はいご》、少年の奏《かな》でる〈讃来歌《オラトリオ》〉がホール全体にそっと拡張《かくちょう》していく。

彼方（あなた）の名前を讃えます
YeR be orator Lom nebbe
暗く　雄々しく　憫（いたわ）しい
lor besti bluci ende branousi -l- symphoeki
主の片翼（かりそめの主）
O she saira qersonie Laspha——

少年の足下、うっすらと夜色の名詠門《チャネル》が浮《う》かび上がる。
薄皮《うすかわ》一枚《まい》分まで惹《ひ》きつけた銀の大剣とすれ違《ちが》いに、渾身《こんしん》の跳躍で相手の懐《ふところ》に入り込む。
同時。彼の名詠が終詩を紡《つむ》ぎ終えた。
——『*Ezel*』《夜の歌》——
途端。室内が一瞬にして膨大《ぼうだい》な量の黒煙《こくえん》に包まれた。
名詠の暴走《ぼうそう》が生み出す一現象。
真精、ネイト、エイダ。三者の視界が皆《みな》等しく零《ゼロ》になる。
……だけど！
目を痛《いた》めつける刺《し》激《げき》の中、エイダは目を見開いた。夜目の訓練はしているが、目的は別にある。相手の中枢、灰色に輝く〈孵石《エッグ》〉だけは、この黒煙の中でも煌々《こうこう》と光を発しているからだ。

——つまり、お前はそこにいるっ！

防御《ぼうぎょ》は考えない。ただ無心で祓戈《ジル》を突きだした。

一方で、灰の真精にも目印はあった。

少女の持つ祓戈《ジル》の先端《せんたん》、乳白色に輝《かがや》く宝石《ほうせき》。これが相手の位置を教えてくれる。両の剣、浮遊する守護剣。持てる武器全てを、その宝石の周囲目がけて突きだした。

そして……

——黒煙が晴れた。

少女と真精。互《たが》いが互いに、自らの武器を突きだした姿勢《しせい》のまま動きを止めていた。

「……終わったね」

身体が触れるほど接した状態で、エイダはその相手を見上げた。

祓戈《ジル》の先端が〈孵石《エッグ》〉を貫《つらぬ》いたのは感触《かんしょく》で分かっていた。

一方で、真精《しんせい》の突きだした銀剣《ぎんけん》は、悉《ことごと》く見当外れの壁を穿《うが》っていた。

「今の状況《じょうきょう》でまともに戦ったら相打ちか、あるいはそっちが勝ってたかもだけど」

穿たれた壁に、わずかに灯《とも》る乳白色の光。

それは、自分が名詠《めいえい》で詠《よ》びだしておいた偽《いつわ》りの目印。

『…………』

真精は応《こた》えない。少女の張っていた二重の策《さく》。それを称賛《しょうさん》するかのように、ただじっと名詠の光を見つめていた。

自分がネイトに頼《たの》んだのは初めから、名詠暴走時に発生する黒煙だった。互いに視界が奪《うば》われた時、目印になるのは〈孵石《エッグ》〉の光と、祓戈《ジル》の先端に付設した宝石の輝きだ。

その宝石の輝きに似《に》せた白光を、エイダはネイトの名詠と同時に詠んでいた。

もともと白色名詠は自分の専攻《せんこう》。触媒《カタリスト》は祓戈《ジル》の真珠《パール》。そのための〈讃来歌《オラトリオ》〉は――

〝真精《あいつ》に聞こえるよう派手《はで》にお願いね〟

ネイトにあえて大声で〈讃来歌《オラトリオ》〉を詠《うた》わせ、その声に隠《かく》れるかたちで自分の〈讃来歌《オラトリオ》〉を重ねる。あとは――真精の剣は偽造《ぎぞう》の祓戈《ジル》へ向けて振るわれ、自分は相手の〈孵石《エッグ》〉目がけて祓戈《ジル》を突きだせばよかった。

さらさらと、真精を構成《こうせい》する金属片《きんぞくへん》が細かい砂《すな》となって消えていく。

浮遊《ふゆう》する七本の守護《しゅご》剣が消え、真精の持つ大剣が消え、身体《からだ》そのものが消え。中心を穿たれ破砕《はさい》した〈孵石《エッグ》〉だけが、メインホールの床《ゆか》に転がっていた。

そして、同時に。

自分にとって大切な物の一つが、音を立てて砕《くだ》けていった。

「エイダさん！」

放心したような表情で立ちつくす少女。今にも気を失い倒《たお》れるのではないか、その悪寒に、ネイトは慌《あわ》てて彼女のもとへ駆《か》け寄《よ》った。

「傷《きず》、だいじょうぶですか」

「……平気だよ」

平気なはずがない。両足から流れ落ちる血が、靴先《くつさき》までを紅《あか》く染《そ》めているのだから。

なのに、彼女はそれすら意に介《かい》した様子もなく、ただ自分の足下《あしもと》を見つめていた。

血濡《ちぬ》れた靴じゃない。少女がじっと見つめる物はそのさらに先。

——祓戈《ジル》が？

少女と十数年共に歩んできた祓戈《ジル》が、その切っ先から砕け散っていた。床《ゆか》に零《こぼ》れた、小さな小さな、数え切れぬほどに砕けた刃の欠片《かけら》。

「ちび君、ごめん、先帰っててくれないかな」

ぽつりと、力なく彼女が吐息《といき》をこぼす。

「……でも」

「お願い。『二人きり』にしてほしいの」

避難扉《ひなんとびら》から少年が外へ走り去っていく。

静寂《せいじゃく》の帳《とばり》が降《お》りたホール。その場に立つのは、もう独《ひと》りだけ。

目を瞑《つむ》ったまま、祓名民《ジルシエ》の少女は砕けた鎗《やり》を胸《むね》に抱《だ》きかかえた。

「……ごめんね」

今まで、一番近くで護ってくれてたのはお前だったのに。あたし、気づくのが遅《おそ》かった。

……本当に、本当にごめんなさい。

4

いつから、もうどれだけ待っていただろう。

冷たい波の押し寄せる砂浜《すなはま》。距離《きょり》的には、分校と研究所の間だろうか。海を赤く染《そ》める陽《ひ》が水平線の彼方《かなた》へと消え、砂を攫《さら》う波はとうに昏《くら》い色になっている。

「星が出てきたね」

隣《となり》に立つ、緋《ひ》色の髪の少女がぽつりと呟《つぶや》く。その言葉に誘《さそ》われるように、ネイトは頭上を見上げた。

天上に小さな星明かり。

燦《きら》めく光の粒《つぶ》が、あの時砕け散った祓戈《ジル》を思わせる、そんな刻《とき》。

「心配したんだからね。よりによって一人ではぐれちゃってるなんて」

研究所から戻《もど》る途中《とちゅう》の道で、彼女はずっと自分を待っていてくれた。

「……ごめんなさい」

「でも、キミが無事で良かったよ」

「あ、あの。ケイト先生は？」

「すぐお医者さんに連れて行ったから平気よ。他の先生たちも看《み》ていてくれてるし」

数秒、互いに言葉が途切れた。

「……ごめんね」

波飛沫《なみしぶき》の残響《ざんきょう》に合わせるように、先に口を開いたのは彼女の方だった。

「謝《あやま》るのはわたしの方だよ。名詠《めいえい》が怖《こわ》いなんて悩《なや》んじゃって。キミに、変な心配かけちゃったね」

空を仰《あお》ぐように、両手を一杯《いっぱい》に広げる彼女。

「でも、もう平気。これでまたいつも通りだから」

いつも通り。それは、彼女の優《やさ》しい口元を見れば自然と伝わってきた。

「僕、最初からクルーエルさんのこと信じてましたから」

自分がそう言い終えるやいなや。

「……ねえ、ネイト?」

にやりと悪戯《いたずら》っぽい笑《え》みを浮《う》かべ——彼女は突然《とつぜん》に、自分の両方の頬《ほお》をぎゅっと引っ張ってきた。

「いっ、いふぁっ《痛》! くぅーえうふぁん《クルーエルさん》、いふぁいでふ《痛いです》!」

「ふふふ。こういう時はね、『はい』って言った方が素直《すなお》ダゾ?」

「ふ《は》、ふぁ《は》いっ《い》!」

「うん。それでよろしい」

満足そうに頷《うなず》き、手を放すクルーエル。

「……うぅ、ひどいや」

反射《はんしゃ》的に頬を手で押さえたものの……ふと、ネイトはぽかんと瞬《まばた》きを繰《く》り返した。

あれ、ほっぺ痛《いた》くないや。さっきはあんなに痛いと思ったのに。

「……クルーエルさん、加減《かげん》してくれたんですか?」

「何言ってるの、当たり前じゃない」

くすりと、口元に手を当てて彼女が微笑《ほほえ》む。

……そっか。

それ以上、言葉はなかった。互いに無言のまま、波の満ち引きを眺《なが》め——

ふと、誰《だれ》かが砂を踏む小さな音が浜辺に響いた。

「風邪《かぜ》ひくよ、お二人さん」

長身黒髪の少女。トレミアの白制服《せいふく》をなびかせ、ゆっくりと彼女が近づいてくる。

「……サージェスさん？」

思えば全《すべ》ての始まりは——祓名民《ジルシエ》の少女が屋上で鎗《やり》の練習をしていることを教えてくれたのは、この人だった。

「あ、あの、サージェスさん」

「なに？」

その場に立ったまま、潮風《しおかぜ》に張りついた前髪をはらう彼女。

「エイダさんのこと知ってたんですか」

「祓名民《ジルシエ》のこと？」

……やっぱり、サージェスさんは最初から全部知ってたんだ。

「あの子についてはわたしが一番良く知ってるよ。生徒の誰より、先生の誰よりね」

ふっと表情をゆるませ、彼女もまた頭上を見上げた。その視線は上空に漂《ただよ》う雲を越え、燦めく星くずを越《こ》え——現実にはもう振り返ることのできない、昔のことを見つめていた。

「ネイティと同じだよ」

僕《ぼく》と？

「この学校の入学式の時、一人だけこそこそしてた子がいてさ。……きっと、自分だけ違《ちが》うってのを過剰《かじょう》に感じちゃってたんだろうね。話しかけたら、その途端勢《いきお》いよく向こうから色々喋《しゃべ》ってきたんだ。不安でしょうがなくて、それが一気に爆発《ばくはつ》したみたいな感じで」

——それがエイダさん？

「もともとは明るい性格《せいかく》だから、今じゃ想像《そうぞう》つかないでしょ。やたら長い鎗を大事そうに抱《かか》えてさ、こっちを不安そうに見つめてる姿《すがた》」

小笑いと共に、彼女は両手を背中《せなか》にやった。

でもね。小さく、普段《ふだん》より低く抑《おさ》えた声音《こわね》で彼女はそう言ってきた。

「誰かさんにお姉さん役が必要なようにね、あの子も本当は、一緒《いっしょ》に馬鹿騒《ばかさわ》ぎしてあげられる友達が必要なんだと思う」

えっと、誰かさんて？

「それが分かるまで、ネイティはまだまだ『ちび君』なのさ。ね、クルーエル？」

「え、なに？　お姉さん役って誰のこと？」

「……こっちも自覚なし、と」

呆《あき》れ笑いの混《ま》じった溜息《ためいき》をこぼし、そっと、彼女は砂浜《すなはま》を歩き出した。

その方向——

夜の星空を背負うように、しずしずと歩いてくる小柄《こがら》な少女。その背には、先端の砕けた鎗が背負《せお》われていた。

「……ばか、あんまり遅いから心配したんだから」

そう告げて。名詠士の少女は、親友たる祓名民《ジルシエ》の少女に抱きついた。

「うん。ごめん。もう平気だから」

弱々しくエイダが笑う。

「嘘《うそ》。ばればれなんだって」

「——え」

エイダを抱く腕に、サージェスがさらに力をこめる。

「あんたに作り笑いは似合《にあ》わないって言ったでしょ。もっとメリハリつけなさい。はしゃぐのは元気ある時でいいから。辛《つら》いときには、友達《わたし》に頼《たよ》ってよ？」

「…………」

「それとも、わたしじゃダメ？」

「……なに言ってんの。そんなことない……すごく、嬉《うれ》しい」

——祓名民《あたし》、名詠学校《このがっこう》に来て良かった。

なみだ混《ま》じりの声。

波飛沫《なみしぶき》に混じって、小さくこだました。

間奏・第二幕 『三年前――』

「二人とも、すまなかったな」

手元の報告紙《ほうこくし》を机《つくえ》に置き、トレミア・アカデミーを束ねる老人が苦い吐息をこぼす。

「まさかここまで凄惨《せいさん》な状況《じょうきょう》になっているとは」

「これぱかりは学園長のせいにするわけにもいかないでしょう」

青い研究服に身を包むミラーが腕《うで》を組む。

「人を石化させる謎《なぞ》の名詠《めいえい》。研究所に罠《わな》として仕掛《しか》けられていた〈孵石《エッグ》〉。そして、二人の報告にあった『*Lastihyt*《ラスティハイト》』という謎の血文字。どれもこれも、現状《げんじょう》では理解《りかい》できぬものばかりです。教員及《およ》び生徒に最悪の事態《じたい》が起きなかっただけでも幸運と言える」

「……ま、そういうことです」

「ですね」

肩《かた》をすくめるゼッセルに、今度ばかりはエンネも頷《うなず》くことにした。

石化していた研究所職員《しょくいん》たちも無事救出され、今は医療施設《いりょうしせつ》で介護《かいご》を受けている。皆《みな》一様に衰弱《すいじゃく》しているが、それもあと数日中には聞き取り調査《ちょうさ》が可能《かのう》と聞いている。あの日研究所で何が起きたか、他ならぬ職員たちならば当然目《ま》の当たりにしたはず。

「——自分の方でも、一通り調べはつきました」

分厚《ぶあつ》い紙束を学園長へと手渡《てわた》すミラー。

「あの研究所において〈孵石《エッグ》〉の精製《せいせい》に成功したのは、どうやら一人の助手の力が大きかったようです」

「助手？」

反芻《はんすう》する老人に向かい、彼が小さく頷いてみせる。

「ええ、研究所の所長でもなく正式な研究員でもない、ただの雇《やと》われ助手。だからこそ公には名前が決して載《の》っていない。自分の方もその助手の存在《そんざい》を突《つ》き止めただけで、名前までは辿《たど》れませんでしたから」

「……ねえそれって」

ミラーの言葉を遮《さえぎ》り、エンネは一歩前に出た。

つまりその何者かは、自らの名前が残らぬよう、あえて雇いの助手を演《えん》じていた。その実、〈孵石《エッグ》〉を精製するということだけは研究所の施設を利用していた？

「そう考えるのが妥当《だとう》だろうな」

眼鏡《めがね》のブリッジを押し上げ、ミラーが首肯《しゅこう》する。

「その助手は三年前に研究所を出ている。最後に研究所職員の名義《めいぎ》で、ファルナ荒野《こうや》への鉄道チケットを購入《こうにゅう》したことだけは突き止めた」

「ファルナ?」

地名だろうが、エンネにとっては初めて聞く単語だった。

「一言で言えば未開の地だ。まだまだ人より獣《けもの》の息が多い場所と言うべきかな。灰《はい》色の砂で埋《う》め尽《つ》くされた荒野が延々《えんえん》広がってる場所だよ」

——灰色の砂?

学園長の答えにひそかに眉《まゆ》をひそめる。隣では、やはりゼッセルも同じように目を細めている。

「……逆に言えば、三年前、その助手はファルナ荒野で消息を絶ったとも言える。か」

腕を組み、ミラーが二の句を継《つ》ぐ。

「ラスティハイト。そういえば、カインツがその名前を探《さが》していたのも……あれは三年ほど前だった記《き》憶《おく》がある」

三年前。それはゼッセルの証言ともぴたりと重なっていた。

と同時に、カインツがその名の者を探していた時期。

そして、〈孵石《エッグ》〉を精製した研究所職員が消息を絶った時期。

「あえて言うなら、そのカインツが五色全《すべ》てをマスターしたのも三年前だったな」

ぼそりと、独《ひと》り言のように呟《つぶや》く老人。

全てが、三年前という一つの時間軸《じく》上に集結している。

偶然《ぐうぜん》か。それとも――

室内の全員が沈黙《ちんもく》する中、にわかに部屋の扉《とびら》が開いた。

若葉《わかば》色のスーツを着た女性《じょせい》に、部屋の中央に構える老人が目を見開く。

「……ケイト君」

生徒を庇《かば》って大けがを負った女性教師《きょうし》。つい数日前まで集中治療《ちりょう》を受けていたはずだ。

「おいケイト、まだ休んでろって」

「いえ。ご心配をおかけしましたけど、もう平気です」

気丈《きじょう》だ。スーツの襟元《えりもと》に袖《そで》、至《いた》る箇所《かしょ》から包帯が痛々《いたいた》しく覗いているというのに。

「ケイト君、すまんかったね。……そして礼を言う。君が身を挺《てい》して生徒を庇っていなければ今頃どうなっていたことか」

頭を下げる学園長に、しかしケイトの口元は優《やさ》しげだった。

「いえ、……むしろ、私は嬉《うれ》しいんです」

――嬉しい？

「私の生徒。エイダが……いえ、クラスの皆が、全員胸を張って誇《ほこ》れる生徒だということが分かったのですから。教師として、これ以上の幸せはありませんでしょう？」

窓越しに、生徒のいないがらんとした校庭を彼女が見つめる。

「夏が終わって、また生徒たちと会えるのが楽しみです」

窓にそっと映《うつ》る自身の姿。それを見つめるかのように――

「夏休みなんてたかだか一か月だけど、きっと生徒たちは、その短い間にもずっとずっと成長しているはず。そんな気がしますから」

そう告げて、ほっそりと、その若手教師は微笑《ほほえ》んでみせた。

贈奏　『奏《かな》でる祓名民《ジルシエ》の栄光は』

武家貴族《ぶけきぞく》。

その希少性《きしょうせい》と反比例《はんぴれい》するかのように、祓名民《ジルシエ》の需要《じゅよう》は桁外《けたはず》れに多い。中でも――始祖《しそ》にして最も優秀《ゆうしゅう》な一族とされたユン家の活躍《かつやく》は大陸中に響《ひび》き、その技能《ぎのう》と伝統《でんとう》の継承《けいしょう》、発展《はってん》に貢献《こうけん》することを期待され、公的な敷地《しきち》と一定以上の収入《しゅうにゅう》を永年保証《えいねんほしょう》されている。

〝先輩《せんぱい》も、大変ですね〟

虹色名詠士《にじいろめいえいし》が何気なく口にした台詞《せりふ》をふと思い出す。

実力に添う活躍を期待される。時には期待という言葉を超《こ》え、実力以上のものすら強《し》いられる。そんな日々が続く生活。

……カインツ、お前のようにふらりと旅してみたくなる気持ちも分かるよ。

だが妻《つま》を持ち子を持ち、家庭を持つことを選んだからには、もはやそれも叶《かな》うまい。

ユン家を守るというより、今はもう家族の日常《せいかつ》を守るためか。

「……人それぞれということさ」

苦笑《くしょう》の息を肺《はい》に押《お》し戻《もど》し、クラウスは屋敷のダイニングへと足を向けた。広大な屋敷にたった三人。いや、娘《むすめ》がいないから今は妻と二人か。

その寂《さび》しさにも、もう慣《な》れた。

――ん？

だが。部屋のテーブルに並《なら》べられた椅子《いす》は三人分だった。

「カインツはもう出発したはずだが？」

「エイダ、今日帰ってくるんですって」

厨房《ちゅうぼう》の奥《おく》。沸《わ》きたつ鍋《なべ》から目を離《はな》さぬまま、伴侶《はんりょ》は口早に言ってきた。

「……そうか」

何の風の吹《ふ》き回しか、夏休みに戻《もど》ってくるという手紙を数日前に受けている。

「あなた、祓名民《ジルシエ》のことについては――」

「分かっているよ。あの子には自分の好きな道を選ばせるさ」

もう諦《あきら》めもついた。

娘も十六になる。……もはや親が口を出すべき歳《とし》ではない。

「夕食まで、すこし庭に出てくる」

自分の祓戈《ジル》を携《たずさ》え、広大な敷地の庭園につま先を向けた。

鎗《やり》を持ったまま、しかしそれを振《ふ》るうことなく頭上の星明かりを見つめる。燦《きら》めく星くず。時の経過《けいか》の中で星がその位置を移動《いどう》するように、人の通念もまた移《うつ》ろい流れる。

——時代、か。

親が子を縛《しば》りつける時代の、終焉《しゅうえん》。子が自《みずか》ら己《おのれ》の道行きを決める時代。それが果たして良い時代なのかは分からない。ただ、善《よ》い時代だとは信じたい。

ふと、芝《しば》を踏《ふ》む小さな足音。

聞き慣れた妻のものではない。それと比較《ひかく》できないほど微細《びさい》な足音。常人《じょうにん》ならば聞き逃《のが》してしまうほど微《かす》かな、祓名民《ジルシエ》の足音。

振り返る。一年ぶりに見る、日焼けした小柄《こがら》な少女。……いや、少しは背丈《せたけ》も伸《の》びたか。

——珍《めずら》しい、ずいぶん疲《つか》れているようだな。

力なく、肩《かた》を落として歩いてくる我《わ》が子の姿《すがた》。

「夕食もすぐできる。母さんが待っているから、家に入れ」

が、娘はその場に立ちつくしたままだった。

「親父《おやじ》。お願いがある」

お願い？　娘がそんな言葉を紡《つむ》ぐのは、今まで何度あっただろうか。

「こいつを……直してくれないかな」

右手に持っていた細長い荷物。白布《しらぬの》に幾重《いくえ》にもくるまったそれを丁寧《ていねい》に解《ほど》いていく娘。布から姿を見せたそれは、先端《せんたん》が砕《くだ》けた祓戈《ジル》。そして、砕け散った宝石《ほうせき》部分。

「直してどうするつもりだ」

「それは、本当に分からないから訊《き》いてる？」

思わぬ反駁《はんばく》に息が詰《つ》まった。

「……直すこと自体はできる。だがそうして直したところで、その祓戈《ジル》はもう握《にぎ》るべきではない」

なぜ。少女の視線《しせん》がそう訊《き》いてくる。

「お前も知っているはずだ。祓戈《ジル》は非常《ひじょう》に精密《せいみつ》な設計《せっけい》になっている。一度ここまで粉砕《ふんさい》されてしまえば完全な復元《ふくげん》は難《むずか》しい。修理《しゅうり》から戻ってきた物は重さも長さも異《こと》なる、お前の知る祓戈《ジル》ではない」

自分の覚えている鎗の感触《かんしょく》を信じて振るえば、必ずいつか致命《ちめい》的なミスをする。直したとしても、もうそれはお前の分身たる鎗ではない。

「誰もが通ってきた道だ。——私もな」

「……でもあたしは、そんなのは嫌《いや》だ」

叫《さけ》ぶわけでも絶叫《ぜっきょう》するわけでもない。だがその言霊《ことば》には、一年前自分の部屋に怒鳴《どな》り込んできたあの日には決してなかった何かがあった。

「誰もが通ってきたなんて、そんなくだらない決まりきったのが嫌で……あたしは名詠の勉強がしたくなったんだ」

「では、名詠士としての勉強を続けるか」

一瞬《いっしゅん》、少女が口をつぐむ。

「続けるよ。だけど」

娘の、祓戈《ジル》を握る手に力がこもるのが伝わってきた。

「だけど、あたしは祓名民《ジルシエ》の方も……やめたくない」

名詠士と祓名民《ジルシエ》。

詠《よ》ぶ者と、送り還《かえ》す者。

相反する道を選ぶ。

「それがどれだけ困難《こんなん》な道か、知らないわけもあるまい」

「知ってるよ。だけど、もう決めたから」

視線の交叉《こうさ》。普段すぐに目を逸《そ》らすはずの娘が、今だけはじっとこちらを見上げてきていた。

——瞳《ひとみ》の色、あなたに似《に》てるわね。強情《ごうじょう》で、でも真《ま》っ直《す》ぐなところ。

十六年前。娘が生まれた時、妻に言われた言葉を思い出す。あの時は恥《は》ずかしさも手伝って曖昧《あいまい》な相槌《あいづち》しか返さなかったが。

「直せるか保証はしないぞ」

一度大きく嘆息《たんそく》し——

呆気《あっけ》にとられたような娘の手から、破砕した祓戈《ジル》をクラウスは奪《うば》い取った。

「……え」

「この鎗がお前の分身ならば、この鎗もまた私の娘だからな」

「じゃっ、じゃあ！」

娘が声を弾《はず》ませる。まったく、こんなに嬉《うれ》しそうな表情を見たのはもう何年以来か。

「その代わり。夏期休暇《きゅうか》の間、ここでその鎗を握り続けることが条件《じょうけん》だ」

修理された祓戈《ジル》の重さを、零《レイ》コンマ一グラムの精度で。

修理された祓戈《ジル》の間合いを、零コンマ一ミリの精度で。

十六年かけ骨《ほね》の髄《ずい》まで染《し》み込んだ祓戈《ジル》の情報《じょうほう》を修正する。どれだけの月日、どれだけの研鑽《けんさん》を要するか。娘もまた、その過酷《かこく》さを知らないわけではあるまい。

「……逃《に》げ出さないよ」

その言葉、今まで何回聞いたことだろう。

——だが今度は、まんざら嘘《うそ》でもなさそうだな。

「あたし家に入るね。母さんも待ってるんでしょ」

「エイダ」

その背中《せなか》に声をかける。

「大切なものは、守れたか」

瞳《ひとみ》の奥《おく》、一瞬《いっしゅん》迷《まよ》いの色を見せた後。娘は苦笑《くしょう》とともに肩《かた》をすくめてきた。

「あたし一人じゃ無理だったけどね」

「一人で背負う必要はない。お前には名詠学校でできた友人もいるだろう」

「……そんなの知ってるよ」

ぶっきらぼうに言い放つ娘、その強がりな表情に心中苦笑する。

「ああ、そうだったな」

意固地な少女の髪《かみ》をくしゃくしゃと撫《な》でる。

「こら、親父《おやじ》、子供扱《こどもあつか》いするなっての！」

口を尖《とが》らせながらも——

娘は決して、その手をどけようとはしなかった。

〝……なあ、親父〟

なんだ。

〝親父はなんで、祓名民《ジルシエ》になりたいなんて思ったの？〟

これはまた唐突《とうとつ》だな。

〝いいから、教えてよ〟

昔、一人の名詠士と一緒《いっしょ》に仕事を請《う》け負ったことがあった。そいつは腕《うで》は良いんだがどうにもせっかちでな、放っておくといつか必ず失敗すると思った。

〝——それで？〟

実際《じっさい》それは程《ほど》なくして起こった。そいつは暴走《ぼうそう》した名詠生物を止めようと一人で立ち向かっていった。その結果案の定大けがを負ってな、私が駆けつけなければ今頃どうなっていたかも分からない。

〝それがきっかけ？〟

その時かな、自分が初めて人を助けられたのは。初めて、自分が祓名民《ジルシエ》で良かったと思ったよ。

〝親父が助けた名詠士って、あたしの知ってる人？〟

エイダ、お前、自分の母親が昔何をしていたかも忘《わす》れたか？

〝…………〟

つまらない話だったか？

〝……ううん。悔《くや》しいけど素敵《すてき》だと思うよ〟


――もう、いくら待っても夕食に来ないと思えば。

庭の陰《かげ》から我《わ》が子と夫の姿《すがた》を覗《のぞ》き、かつて名詠士であった女性はこっそりと微笑《ほほえ》んだ。

娘も帰ってきたことだし、今年の夏休みは久《ひさ》しぶりに一家揃《そろ》って賑《にぎ》やかになるかしらね。

回奏『三年前　*Lastihyt ; miquvy Wer shela -c- nixer arsa*』

人の骨片《こっぺん》にも似《に》た色の、灰《はい》色の砂利《じゃり》が際限なく続く土地。

死者の亡《な》き声すら想《おも》わせる、低く重苦しい風鳴り。突風に吹かれ、足下《あしもと》の砂利が肌《はだ》に叩《たた》きつけられる。——旅人すら滅多《めった》に訪《おとず》れることなき、人の吐息《といき》の届《とど》かぬ荒野《こうや》。

その荒野にただ独《ひと》り、濡《ぬ》れ羽色の髪《かみ》の女性がじっと佇《たたず》んでいた。

その肩に漆黒《しっこく》のトカゲ。こちらも、岩のように押し固まったまま微動《びどう》だにしない。

——さながら、両者だけ凍《こお》れる時の澱《よど》みに居《い》るように。

頭上を見上げたまま微動だにしない彼女へ、黄砂《こうさ》色のローブを纏《まと》った老人がゆっくりと近づいていく。

「御機嫌《ごきげん》よう」

女は返事をしない。ただじっと頭上を見つめるだけ。

上空に流れる千切れた雲の欠片を越え、灰褐《はいかっしょく》色の空を越え、ただただじっと、自分の上に在《あ》る何かを見つめていた。

「あなたを探《さが》しておりました」

再度《さいど》、老人が会釈《えしやく》する。

女は返事をしない。

「イブマリー、あなたの名前はそれでよろしいかな」

「…………」

まず先に動いたのは肩先のトカゲだった。睨《にら》みつけるように、相手の存在価値《そんざいかち》を測《はか》るように老人を凝視《ぎようし》する。

それからさらに、優《ゆう》に数分間の空隙《くうげき》を経《へ》て――

ゆっくりと、女性は老人へと顔を向けた。

「……誰《だれ》」

その問いに、微笑のような泣き顔のような、老人は奇妙《きみよう》な表情を形作った。

「――ラスティハイト、そう名乗っておきましょう」

黄砂色のローブの懐中《かいちゆう》、老人が何かを取り出す。

掌《てのひら》に載《の》っていたのは、灰色に輝《かがや》く宝石《ほうせき》だった。

宝石？　否《いな》。

楕円形《だえんけい》。宝石の構造《こうぞう》では決して成りえぬ形状——卵の形をした何か。

奇妙な宝石が、銀色にも似た灰色の光を放ち出す。

「イブマリー、夜色名詠の歌い手よ。あなたの歌を、聴《き》かせてもらいたい」

あとがき

皆様《みなさま》、お久しぶりです。

一月の『イヴは夜明けに微笑《ほほえ》んで』刊行以来、四か月。多くの温《あたた》かいご声援のお陰で、なんとかこうして、「黄昏色《たそがれいろ》の詠使《うたつか》い」の続編たる第二巻目に着手《ちゃくしゅ》することができました。

四か月。時間感覚が麻痺《まひ》しているせいか、よく分からないうちに時は無情に流れ——不思議と、常《つね》に焦《あせ》りながらの四か月でした。……おかしいなぁ、多分怠《なま》けてはいなかったはずで……あ……どうだろう……やっぱり怠けてたのかも（弱気）

とまあ、そんな怠け者の告白はさておき——

二巻『奏《かな》でる少女の道行《みちゆ》きは』——クラスメイト編と細音《さざね》が勝手に位置づけている小話《エピソード》でしたが、いかがでしたでしょうか。

ネイトたちのクラスの雰囲気《ふんいき》や学園外の風景、文明。それに加え、名詠士《めいえいし》以外の特殊な職である祓名民《ジルシエ》や、一巻とはまた異《こと》なった風の詠《うた》。いずれも一巻で描ききれなかった「外の世界」であり、前作を刊行する前から描きたいなと思っていたものです。

『イヴ』の持つ雰囲気を大切に、かつ、またちょっと違った一面を目指した今作ですが、気に入って頂ければ幸いです。

……しかしクラスメイト編と銘打《めいう》ったはいいものの、気づけばすっかり祓名民《ジルシエ》メインの話。エイダ編と言っても過言《かごん》ではない感じになっちゃいました。

編集K様「細音さん、エイダ好きですよね」

ずばり指摘《してき》される状況。……ち、違うんです。むしろ自分はクラウスが（え？）

というのも――一巻でもそうですが、『黄昏色の詠使い』においては各登場人物ごとに大切な場面というのが存在します。それも登場人物の数だけ、彼らが主役となる小話《エピソード》が丸々一冊分存在すると言っても過言ではないくらい。

二巻では、それがエイダでした。お気づきになった方もいると思いますが、二巻でエイダを主軸《しゆじく》とするための準備として、一巻ではネイトのクラスメイトはほとんど描写が無い中、エイダだけは一巻の各所に顔を出しております。

この物語における主人公はネイト&クルーエルですが、時としてカインツや教師を初めとする大人達に、時として傍《そば》にいる学友に助けられ少しずつ成長していく二人を、今後とも温かく見守って頂けると嬉しいです。

――そして、七月に刊行される三巻の説明を少しだけ。

かつて夜と虹が交わした旧《ふる》い約束。『旧約』を巡《めぐ》る物語であった一巻。

二巻で、少しだけその様子の片鱗《へんりん》が明らかになった外の世界。

今までの物語を踏まえた上での三巻。

本当の意味で、ようやく黄昏色の詠使いの本編という感じです。旧約から遥かな時を越えて誓《ちか》われる、新しい約束。『新約篇《しんやくへん》』とも呼ぶべき本編が第三巻に当たります。

三巻──「夜色の少年」の織《お》りなす、新しい詠と約束の物語。今までのお話で残った謎や疑問も少しずつ明《あき》らかに出来ればと思いますので、何卒《なにとぞ》お付き合い頂ければ幸いです。

《短編掲載のお知らせ》
五月に二巻。七月に三巻。この隔月《かくげつ》刊行の間──五月、六月、七月の三か月。
その三か月の間、富士見書房より刊行されている「月刊ドラゴンマガジン」にて、『黄昏色の詠使い』の短編が掲載されます。
二〇〇七年スケジュール予定。
五月　黄昏色の詠使いII　刊行
　「月刊ドラゴンマガジン　七月号」にて連載一回目&特集
六月
　「月刊ドラゴンマガジン　八月号」にて連載二回目

七月　黄昏色の詠使いⅢ　刊行

「月刊ドラゴンマガジン　九月号」にて連載三回目

——以上のような感じです。日程《にってい》の詳しい事は本屋さん等でお確《たし》かめ頂くか、細音のホームページ&ブログでもご紹介しますので、ご参考にして頂ければと思います。

三か月連載ということで、全三回の短編。

内容はもちろんのこと、その発表順も頭を抱《かか》えに抱えつつ、現在取り組んでいる最中《さいちゅう》です。時々「……もうだめだ、今回こそは間に合わない」とか言いそうになるくらい頑張ってます（実際、夜《よ》な夜な独《ひと》りで呟《つぶや》いてたりするのは秘密）。

ちなみに連載一回目については、二巻と三巻の間の時間上の小話《エピソード》。加えて特集の頁《ページ》も設《もう》けて頂けるようなので、是非《ぜひ》とも御覧頂きたいなぁと。

第二回、第三回については……内容に関しては秘密ですが、今まで出てきた人物たちはほぼ全員、どこかの回で登場する予定です。本編では描けなかった小話《エピソード》、こちらも、本編同様お付き合い頂ければ幸いです。

※加えて「ドラゴンマガジン」の読者アンケートハガキにて「黄昏色の詠使いが面白かった」と書いて送って頂けると、個人的に凄《すご》くありがたかったりします！（キッパリ）。

――とまあ、宣伝《せんでん》はここまで――

《一巻を書き終えてから、今まで》

冒頭《ぼうとう》にも述《の》べましたが、沢山の方からお手紙やメール等でご感想を頂きまして、本当にありがとうございます。一つ一つのご感想、大切にしています。毎週一回は読み返してるくらいです。一巻においてはかなりの数の人物たちが登場しましたが、気に入ってもらえた人物たちも千差万別《せんさばんべつ》で、多くの人物を気に入って頂けて本当に嬉しい限りです。人気に関しては多くの人物に混じって夜色飛びトカゲ票《ひょう》が目立ち、当人（当トカゲ）も大変喜んでいたようです。（下手するとベスト三に入るくらいの勢いでした）

……トカゲに表彰台を取られたままでいいのか、数多《あまた》の人間たちよ。

……そして、そんなのでいいのかな、この物語。

《最後に》

二巻が刊行されるにあたり、本当に多くの方のお力に頼《たよ》りつつ、ここまでやってこれました。まずは、二巻の原稿を何度も何度も丁寧《ていねい》に確認し、作品を磨いてくださった担当編集Kさま。一巻同様、素敵なイラストを描いてくださった竹岡美穂さま。

お二方とも、お忙しいスケジュールの中本当にありがとうございます。

風邪を引いて一週間寝込んだ時、様々なサポートをしてもらった家族。

そして何より、一巻に引き続き二巻を手にしてくださった全ての方々。

本当にありがとうございます。これから一層《いっそう》頑張っていきますので、何卒《なにとぞ》お付き合い頂ければと願っております。

※　追伸　メールやお手紙を下さった方へ。
メールでもお手紙でも、今のところ何とか三か月以内にはお返事を出すよう心がけています。もし三か月経《た》ってもお返事が返ってこないという場合、左記のホームページ上のブログに催促《さいそく》のコメントなりメールなり頂ければ慌ててお返事しますので、よろしくお願いいたします。


それでは。短編、そして三巻にてお会いできることを願いつつ――

この度は第二巻を手にとって頂き、本当にありがとうございました。

三月　某日　　　志方あきこ『蒼碧の森』を聴きながら――　細音　啓

HP『細やかな音の部屋』http://members2.jcom.home.ne.jp/0445901901/

あとがき。

ど、どうやら!! … どうにか!!
黄昏2巻も 絵描き側として
お供できたようです。

担当さんに感謝。
本当に ありがとうございました。

竹岡美穂

http://www.nezicaplant.com/

富士見ファンタジア文庫

黄昏色の詠使いII

奏《かな》でる少女《しょうじょ》の道行《みちゆ》きは

平成19年5月25日　初版発行

著者——細音《さざね》　啓《けい》

発行者——小川　洋

発行所——富士見書房

〒102-8144

東京都千代田区富士見1-12-14

電話　営業　03(3238)8531

　　　編集　03(3238)8585

振替　00170-5-86044

印刷所——暁印刷

製本所——BBC

落丁乱丁本はおとりかえいたします

定価はカバーに明記してあります

2007 Fujimishobo, Printed in Japan

ISBN978-4-8291-1918-1 C0193